Hartmut Cyriacks/Peter Nissen

2000 Wörter Plattdüütsch

Ein Gebrauchswörterbuch

In Zusammenarbeit mit
dem Ohnsorg-Theater und
der NDR Hamburg-Welle 90,3

Quickborn-Verlag

4. Auflage 2001

ISBN 3-87651-206-9

Umschlaggestaltung: rellesch concept, Hamburg
Gesamtherstellung: Clausen & Bosse GmbH, Leck
*Der Umwelt zuliebe
auf chlorfrei gebleichtem Papier gedruckt.
Printed in Germany*

Vorwort – 'n Woort vörweg

Schenkt man dem Gerücht Glauben, daß Konrad Adenauer in allen Reden seiner jahrzehntelangen politischen Laufbahn mit einem Wortschatz von 700 Wörtern auskam, dann sind 2000 Wörter Plattdeutsch beachtlich viel. Bedenkt man, daß manche regionalen Wörterbücher in mehrbändigen, großformatigen Werken zehntausende Worteinträge dokumentieren, dann erscheint die Zahl eher gering.
Trotzdem meinen wir, daß Sie sich mit 2000 Wörtern Plattdeutsch einen Grundwortschatz aneignen können, mit dem Sie schon recht weit kommen – wenn auch vielleicht nicht ins Kanzleramt.
Plattdeutsch hat eine Vielzahl von Mundarten. Wir haben als Grundlage dieses Wörterbuchs das »Medienplattdeutsch« gewählt, wie es etwa im Ohnsorg-Theater auf der Bühne oder in NDR-Hörspielen gesprochen wird und es zahlreiche Schriftsteller verwenden. Es handelt sich hierbei um eine sprachliche Ausgleichsform, der die Mundarten Holsteins, Nordniedersachsens, Bremens, Hamburgs und Teilen Mecklenburgs zugrunde liegen.

Im plattdeutsch-hochdeutschen Teil sind Wörter, die im Hochdeutschen gleich oder ähnlich geschrieben werden, nicht enthalten. Kaum jemand wird wohl, wenn er die plattdeutschen Wörter *Arm, Ring, Wind, Kann* oder *Wunner* hört oder liest, deren Bedeutung in einem Wörterbuch nachschlagen wollen. Ebenso wurden zusammengesetzte Wörter, wenn sie wie im Hochdeutschen gebildet werden, nicht aufgenommen. Auch Angaben zum Geschlecht und zur Mehrzahl finden sich nur dann, wenn sie vom Hochdeutschen abweichen.

Im hochdeutsch-plattdeutschen Teil haben wir uns bewußt sehr beschränkt. Wörter wie *arg, heftig, enorm, äußerst, hochgradig, überaus, weidlich* werden Sie nicht finden. Wir setzen auf Ihren *Plie*, entsprechende Lösungen unter *sehr* zu suchen.

Also, *maakt Se sik op 'n Padd!* Blättern Sie weiter; machen Sie einen kleinen *Törn* durch die plattdeutsche Sprache – von *Aant* bis *wurachen*, von *ab* bis *zwölf*!

Hartmut Cyriacks *Peter Nissen*

A

Aant – Ente

Aap – Affe, *he hett 'n Apen köfft* – er ist betrunken

aapsch – affig, albern, eitel

Aas – Aas; Tier; (Schimpfwort)

Aaskraam – Schmutz, Dreck, Schweinkram

abasig – komisch, albern; eingebildet; unflätig; toll

achteihn – achtzehn

achter – hinter

Achterback – Schinken, Gesäßhälfte

Achtergatt – hinterer Stauraum auf Schiffen; Hintern

Achtergestell – Hintergestell des Wagens; Hintern

Achterlader – Homosexueller

achtern – hinten

Achterpoort – Hinterpforte; After

achterruut – hintenheraus, *he maakt achterruut* – wirtschaftet sich zugrunde, geht bankrott

achtersinnig – hintersinnig, nachdenklich; hinterlistig

Achtersteven – hinterer Steven am Schiff; Hintern

achtertücksch – hinterhältig

Ackersnacker – (scherzhaft) Feldtelefon, Handy

Addel – Jauche

af – ab, *ik bün ganz af* – völlig erledigt, *dor kannst op af* – darauf kannst du dich verlassen

afblieven – bleiben, sich befinden

afbuddeln – untergehen, versinken

afgahn – abgehen, *gah mi af!* – laß mich in Ruhe!

Afgunst – Neid, Mißgunst

Afkaat – Rechtsanwalt, Advokat; rechthaberischer, spitzfindiger Mensch

afkennen – verstehen, Bescheid wissen, *dor kennt he wat vun af* – damit kennt er sich aus

afkönen – mögen; ertragen können

afleddern – häuten; verprügeln, ›abledern‹
aflucksen – durch List aneignen, abschwindeln
afmaddeln, sik – sich abschinden, abmühen
afmarachen, sik – sich abschinden, abmühen
afsengeln – abbrennen
afsluuts – unbedingt, ›absolut‹
Afteek – Apotheke
afweten – wissen, verstehen
Aggewars – Mühsal, Umstände, Aufhebens
ahn – ohne
akraat – genau, ›akkurat‹
al – schon
allerwegens – überall
Amidaam – Ohnmacht
Ammerkacker – rückständiger Mensch, ›Eimerscheißer‹
anfengen – anzünden
anken – ächzen, stöhnen
anköteln, sik – sich einschmeicheln, anbiedern
anneravends – neulich abend
annerdaags – neulich
annerletzt – das vorige Mal, neulich
annerwegens – anderenorts, anderswo
ansläägsch – erfinderisch, intelligent
antern – antworten
antüdern, sik – sich anziehen; *sik een antüdern* – sich betrinken
apart – apart; seltsam, sonderlich, eigenartig
apen – offen
appeldwatsch – närrisch, verrückt
Arf – Erbse, *mank de Arfen stellen* – als Vogelscheuche aufstellen
arven – erben
Arvschop – Erbschaft
as – als, wie
asen – verschwenden; Schmutz machen
asig – schlimm, übel, schlecht, widerwärtig; auch Steigerungswort
Aten – Atem
Aven – Ofen, *achter 'n Aven sitten* – sich absondern, ausruhen
Avendköst – Abendbrot
aver – aber

B

Baantje, de/dat – Stellung, Job, Amt
Baas – Chef, Leiter, Vorsitzender
Babbel – Mund
Back – Backe; Napf, Gefäß; Teil der Schiffsmannschaft
Backbeest – Mensch von ungewöhnlicher Leibesfülle
backboord – (vom Steuermann) links
backen – backen; kleben
backig, backsig – klebrig
Backs – Ohrfeige
Bagaasch – Gepäck; Pack, Gesindel
Bagaluut – Draufgänger, Windbeutel
balberen – rasieren
Balje – Wanne, Kübel
balkendüüster – sehr dunkel, pechschwarz
balstürig – starrköpfig, widerspenstig
Bambuus – Filou, Herumtreiber
Bammel – Furcht
Bangbüx – Angsthase
bannig – sehr, außerordentlich
barft – barfuß
basch – forsch, scharf, schroff
basig – tüchtig
bassen – bersten, platzen
batz – plötzlich
baven – oben, *de Böverst* – der Oberste, der Erste
Bavenhand – Oberhand
bedrippst – bedrückt, kleinlaut
bedröövt – bedrübt, niedergeschlagen
Beek – Bach
Been – Bein, Beine
Beer – Bier; Birne; Beere
beet – fertig, erledigt
beetsch – bissig, grimmig
begängen – bekannt, üblich, gebräuchlich
begööschen – beruhigen, besänftigen
begriesmulen – beschwindeln, übervorteilen, schaden
belemmern – belästigen, stören, behindern
beleven – erleben
bemöten – begegnen
benaut – bedrückt, verlegen
benschen – scheuchen
benüsselt – angetrunken, verwirrt, schwindlich
beren, sik – sich gebärden, benehmen
besinnen op, sik – sich erinnern an

betähmen, sik – sich beherrschen, beruhigen
Betel – Meißel, Beitel
beten – bißchen
beter – besser
bevern – zittern
bi – bei
bibögen – beibringen
Bicht – Beichte, *de Bicht verhalen* – ins Gewissen reden
Bick – Hacke
Bickbeer – Blaubeere, Heidelbeere
Bickbeernmoos – Siebensachen, Hab und Gut
biester – verirrt, verwirrt
bigahn – anfangen
bilütten – allmählich, langsam, ›bei Kleinem‹
bimmeln – klingeln, läuten
bipulen – beibringen, erklären; unterjubeln; verpassen
birsen – rennen, hasten, durchgehen
biweeglang(s) – nebenbei; nebenan
Black, dat – Tinte
blaffen – schimpfen, laut anfahren, bellen
blangenbi – nebenbei
blänkern – glänzen, funkeln
Blarrbüdel – Jammerlappen
blarren – plärren, greinen, weinen
Blatt – Blatt; Zeitung
blecksteert – mit nacktem Hintern
bleiern – aus der Richtung werfen
bleken – bellen; bleichen
Bless – Stirn, Blesse
Blick – Blech
blieven – bleiben
Blindflansch – schwachköpfiger Mensch
blöden – bluten
Bloot – Blut, *'n arm Bloot* – armer Teufel
Blööt – Blüte
bloots – bloß, nur
blubbern – sprudeln, glucksen, brodeln; undeutlich reden; pöbeln
blüüsterig – leuchtend, glühend
bögen – biegen; beugen
Bokel – Knirps
bölken – grölen, schreien
Böök, Bökenboom – Buche
Böön – Dachboden; Zimmerdecke
Boor – Bär; grober, gefühlloser Kerl
Boors – Barsch

böös – böse, schlimm; auch Steigerungswort
bören – heben
Bost – Brust
Bötel – Knirps; Hammel
böten – heizen, Feuer machen
Bott – Gebot; Botschaft, Nachricht; Angebot
Botterlicker – Schmetterling
bottern – buttern, *dat will nich bottern* – es führt zu keinem Erfolg
Böverste – Oberste, Leiter, Chef
Brack – Tümpel, Teich
Brägen – Hirn, Schädel
brägenklöterig – verrückt, ›hirnklapprig‹
bramstig – aufgeregt, brünstig
braschen – laut sprechen, prahlen, angeben
bräsig – breit, ausladend
breet – breit
breken – brechen; sich übergeben
Brett – Brett, *vör't Brett kamen* – vor ›Gericht‹ kommen
Bricken, dat – Holzteller
briemsch – draufgängerisch
Briet – roher Geselle, Rowdy
bröden – brüten
Broder – Bruder, *Broder Lustig* – Leichtfuß
Brögam – Bräutigam
Brook – Sumpfland, Bruch
Bröök – Strafgeld, ›Brüche‹
Brösel – Tabakpfeife; Junge
brösig – ausladend, stolz, keck
Brüch – Brücke
brüddeln – unfachmännisch arbeiten, pfuschen
bruddig – schwül
brüden – necken, aufziehen
bruen – brauen
bruken – brauchen, gebrauchen
Brummelbeer – Brombeere
brutt – grob
bruun – braun
Bückel – geräucherter Hering; langweiliger, vertrockneter Mensch
Buddel – Flasche
buddeln – graben
Büdel – Beutel, kleiner Sack, Geldbörse, *den Dumen op 'n Büdel hebben* – geizig sein
buffen – stoßen

Bullerballer – jähzorniger, lauter Mensch, Grobian
bullern – poltern
Bült – Haufen, Büschel
bumsbatz – plötzlich
Bumskopp – Hohlkopf
Buschemann – Kinderschreck
Buscherump – Fischerhemd
Büss – Hülse, Büchse, Flinte
buten – außen, draußen
Butendiek – Seedeich
Butendöör – Haustür
butenkopps – auswendig
butenlandsch – ausländisch
butt – stumpf, schroff, grob
Butt – Flunder, Scholle
Bütt – Gefäß, Waschfaß; dreister, grober Kerl
Buttjer – kleiner Junge; Gelegenheitsarbeiter, Eckensteher
Buur – Bauer, *för 'n Buurn hebben* – narren, auf den Arm nehmen, *'n Buur is 'n Buur, is 'n Beest vun Natur*
Büx – Hose, *bi de Büx kriegen* – erwischen, *mit Jack un Büx* – ganz und gar, *ut de Büx möten* – austreten müssen
Büxenschieter – Hosenscheißer

D

däägt – tüchtig, stark, tapfer, kräftiger
Daak – Nebel, Tau
daaksen – verprügeln
daal – hinunter, herunter, nieder
daalgahn – hinuntergehn, *daalgahn op wat* – etwas angreifen
Daddi – alter Mann, Greis
Dag – Tag
dakig – neblig
Dalf – alberner, linkischer Mensch
dalvern – albern spielen
dammelig – unsinnig, albern, dumm
dannig – kräftig, stark
Dassel – Kopf
Deeg – Teig
Deek – Decke
Deel, dat – Teil, Stück; Gefäß
Deel, de – Diele, Flur; Teil
deep – tief
deepdenkern – nachdenklich, tiefsinnig

Deern, de – Mädchen, Tochter, *'n Deern vun dusend Weken* – Mädchen im heiratsfähigen Alter
Deert – Tier; rücksichtsloser, ungeschlachter Mann
Deev – Dieb, *'n scheve Deev* – ein hinterlistiger Zeitgenosse
dengeln – Sense schärfen
dibbern – unaufhörlich reden, aufgeregt sein, nörgeln
dickdoon, sik – sich aufspielen, angeben
dickdräävsch – dickfellig, großspurig
diehen – gedeihen
Diek – Deich, Teich
Diem – Heuhaufen
Dies – leichter Nebel
Dieskopp – Dickkopf
Diessel – Deichsel
Dings – Ding, Sache
Discher – Tischler
dögen – taugen
Döns – (beheizbare) Stube
Dood – Tod
doof – einfältig, dumm; schwerhörig, taub
Döögt – Tauglichkeit, Tugend, *Jöögd hett keen Döögt* – Jugend kennt keine Tugend
Dook – Tuch
doon – tun
Dööntje – kleine lustige Erzählung, Schnurre
Door – Tor
Döör – Tür
Döösbaddel – Dummkopf
Dööskopp – Dummkopf
dootblieven – sterben
Dööts – Kopf
döpen – taufen
dor – da, *dor weer maal* – es war einmal
Dörp – Dorf
dörteihn – dreizehn
dörtig – dreißig
dörven – dürfen
Dösch – Dorsch
dösig – dumm, einfältig, wunderlich
Draff – Trab
drakeren – gürbeln
drall – stark, rundlich, kräftig
drang – eng, dicht
Drang – Küchenabfälle
drapen – treffen
dreedubbelt – dreifach
dregen – tragen; trügen
Dreih – Wende; Kniff
driest – tapfer, wagemutig, frech
drieven – treiben
drievens – eiligst
Driever – Herumtreiber, Schelm

drock – eilig
drögen – trocknen
Dröhnbüdel – langweiliger, schwerfälliger Mensch
dröhnen – dröhnen; langatmig reden
dröhnig – langatmig, schwerfällig
Drömelklaas – langweiliger Mensch
drömen – träumen
dröög – trocken, *Natt un Dröög* – Trinken und Essen
Dröögde – Trockenheit
drook – dreist, frech, vorlaut, stolz
dröteln – zögern, langsam arbeiten
Drümpel – Schwelle; ungeschickter Mensch
drüppen – tropfen
drusseln – schlummern, vor sich hin träumen
druus – mürrisch
düchtig – tüchtig, kräftig
Dudelkasten – (scherzhaft) Drehorgel, Radioapparat
duff – matt, ohne Glanz
Düffer – Täuberich
duken – tauchen; ducken
dükern – untertauchen
dull – toll; böse, ärgerlich; auch Steigerungswort
Dummbüdel – Dummkopf, ›Dummbeutel‹
dummerhaftig – dumm, einfältig
dümpeln – (im Wasser) schaukeln
dünken – dünken, scheinen, *wat dünkt di dorbi?* – was hältst du davon?
dusend – tausend
düsig – schwindlich, benommen
Dusseldassel – Dummkopf
Dutt – Haarknoten; Haufen; kleiner, untersetzter Mensch, *in Dutt hauen* – zerstören, *in'n Dutt scheten* – zusammenfahren
duuknackt – krumm, gebückt
Duum – Daumen
duun – betrunken
Duun – Daune
düür – teuer
düüster – dunkel
Düüsternis – Dunkelheit, Finsternis
Duuv – Taube
Düvel – Teufel, verteufelter Mensch
dwallerig – albern, dumm
Dwarg – Zwerg

dwars – quer, *dwars un dweer* – kreuz und quer, *dwars kieken* – schielen
Dwarsdriever – Querkopf
Dwarslöper – Krebs
dwatsch – unsinnig, seltsam, verschroben
dweer – quer
Dweerbuck – Querkopf, Querulant

E

Eek, Eekboom – Eiche
Eem – Ameise
eendoont – egal, einerlei
egaalweg – dauernd; gleichmäßig
egen – eigen, eigenartig, *he is wat egen* – er ist empfindlich, wählerisch, eigenartig, verstockt
ehrgüstern – vorgestern
eien – liebkosen, streicheln
eisch – schlimm, böse, unartig; attraktiv
Eller – Erle
em – ihm, ihn
engelsch – englisch
Enkel – Fußknöchel; Enkel
enkelt – einzeln
entfaamt – infam, schändlich
estemeren – schätzen, anerkennen, respektieren
eten – essen
Etig – Essig

F

Faatdook – Wischlappen
faatkriegen – erwischen, packen
Fack – Fach
fackeleuten – sich herumtreiben, seinem Vergnügen nachgehen
faken – oft, häufig
fardig – fertig, erschöpft
Farken – Ferkel; schmutziger Mensch
Farv – Farbe
fast – fest
Fatt – Faß
fein – schön, hübsch, nett
Fell – Fell, Haut; schlampige Frau, Hure
Feudel – Aufnehmtuch, Scheuerlappen
feudeln – feucht aufnehmen
Fever – Fieber
fickerig – unbeholfen; aufgeregt, nervös

fiecheln – schmusen, schmeicheln
fiedeln – (schlecht) Geige spielen; unsachgemäß schneiden, sägen, feilen
fief – fünf, *sien fief nich hebben* – verrückt sein
Fiel – Feile
fien – fein (als Gegensatz zu grob)
Fier – Feier
fieren – feiern; Tau auslassen
fimmelig – verrückt
Finster – Fenster
fipsig – klein, schwach
Fisematenten – dummes Zeug, Unsinn, Ausflüchte
fix – schnell, flink, *he is 'n fixen Dutt* – begreift schnell, ist patent
Flaag – Regenschauer, *'n Flaag afkriegen* – eine Standpauke erhalten
Flach – Fläche, Stelle, Gebiet
Fladdermuus – Fledermaus
Fladen – Fladen; flacher Kuchen
Flapp – Mund, hängende Unterlippe
Flaps – Flegel
Flasskopp – hellblonder Mensch, ›Flachskopf‹
Fleder – Holunder
Fleeg – Fliege
Fleet – Wasserlauf, Kanal
Fleger – Flieger, Flugzeug
fleien – putzen, zurechtmachen
fleiten – flöten, pfeifen
Fleitjepiepen – Pustekuchen
fleten – fließen
flieren – aufputzen
flietig – fleißig
Flintkopp – Dickschädel, ›Steinkopf‹
flödig – schmächtig, oberflächlich gefertigt
Flögel – Flegel, Dreschflegel; Wimpel am Mast; Flügel
flöken – fluchen
Flööts – Flegel, Grobian
flotzig – grob, frech
Flünk – Flügel, Schwinge, *de Flünken hangen laten* – mutlos, niedergeschlagen sein
flunkern – schwindeln
Flunsch – verdrießliches Gesicht
flusig – nachlässig, oberflächlich
flutschen – gleiten
flütten – umziehen, die Wohnung wechseln
Foder – Futter; Fuder, Fuhre

fofteihn – fünfzehn; Pause
fohren – fahren
fohrwarken – fuhrwerken; emsig arbeiten
folen – falten
Foog – Fuge
Fool – Falte
Föör – Furche; Fuder, Fuhre
foorts – sofort
Foot/Fööt – Fuß/Füße
förwiss – bestimmt, sicher
fraagwies – fragend
fraam – brav, zahm, fromm
franzöösch – französisch
freen – freien, heiraten
freesch – friesisch
Freet – Fresse
Freid – Freude
freten – fressen
Fro, Fru, Froonsminsch, Fruunsminsch – Frau
fründjen – poussieren
fuchtig – feucht, wütend, *hool di fuchtig!* – halt dich wacker!
futern – schelten
Futt – Lumpen, Lappen; ungeschickter Mensch
Fuuljack – Faulpelz
füünsch – wütend, außer sich
Füür – Feuer
Füürpüüster – Blasebalg; Brandstifter

G

Gaat – Gasse
Gaffel – Querstange am Schiffsmast
Gaffeltang – zänkische Frau
Gagel, de/dat – Zahnfleisch
gahn – gehen
gallig – zornig, wütend, reizbar
galsterig – ranzig, alt, verdorben
gammelig – alt, wertlos, verdorben
Ganter – Gänserich
gapen – gaffen, gähnen
Gassen – Gerste
Gast – Kerl; Gast
Gatt, dat – Öffnung, Seegatt; Hintern
gau – schnell
gediegen – seltsam, merkwürdig
Gedööns – Lärm, Aufhebens
Gedüür – Geduld, Ausdauer
geel – gelb, *geel snacken* – hochdeutsch sprechen (obwohl man plattdeutsch kann), vornehm oder affektiert sprechen

Geest – das höhergelegene Land, Gegensatz zur Marsch
gellen – gelten, kosten
geneten – genießen
Gest, dat – Hefe
geten – gießen
Gevel – Giebel
Gewees – Umstand, Aufhebens
Gewrörgel – Gewürge, Getümmel
gieren – sich hin und her bewegen
Giezknüppel – Geizkragen
Gill – Gilde, Vereinigung, Zunft
gissen – vermuten, glauben, ahnen
Glattsnacker – Schmeichler
glau – glänzend, hell; klug, schlau
glieden – gleiten
glieks – gleich
glier – schlüpfrig, schmierig; katzenfreundlich
glinstern – glänzen, glitzern
glitschen – gleiten
glönig – glühend, leidenschaftlich
glösen – glimmen
glösern – gläsern
glöven – glauben
glupen – starren, finster blicken, lauernd ansehen, glotzen
gluupsch – lauernd; stürmisch
gnaastern – knirschen
gnabbeln – knabbern, nagen
gnadderig – mürrisch, verärgert
gnagen – knabbern, nagen
gnappen – nagen, abbeißen
gnatzig – verstimmt, verärgert
gnegelig – mürrisch, gereizt
gnetern – knattern, krachen
gneterswatt – tiefschwarz
Gnick – Genick
gnickern – verhalten lachen, kichern
gniedeln – glattreiben; ein Schneidwerkzeug unsachgemäß handhaben; schlecht Geige spielen
gnietschig – geizig, mürrisch
gniffeln – heimlich, verstohlen lachen; nörgeln
gnittscheevsch – verdrießlich
gnucksen – kichern

Gnusch – Knorpel, minderwertiges Fleisch, *Husch un Gnusch* – wertloses Zeug
Gnutt – Eintagsfliege; unwichtige, aufdringliche Leute
Gökelspill – Gaukelei
gollen – golden, gülden
Göör, dat – kleines Kind (Junge oder Mädchen)
Goorn – Garten; Garn
Goos/Göös – Gans/Gänse
goot – gut
Gööt – Gosse
gor – gar
Görgel – Gurgel, Kehle
Gössel – Gänseküken; einfältiges Mädchen
graad – gerade
Graat – Gräte; Grat
grabbeln – herumtasten, fummeln
Gräffnis – Beerdigung, Begräbnis
grantig – verstimmt, böse, grob
Grapen – Kochtopf (mit Beinen)
Grapenpüüster – (scherzhaft) Köchin
Grappen – Grillen, seltsame Einfälle
grapsen – stehlen, schnell zugreifen
Grasaap – eingebildeter Mensch, ›Grasaffe‹
gräsen – schaudern; Vieh weiden
Gräsen – Schauder, Gänsehaut
gräsig – gräßlich, schrecklich; auch Steigerungswort
graven – graben
Greep – Griff
grienen – lächeln, grinsen
Grientje – Lächeln
griepen – greifen
gries – grau, fahl; durchtrieben, streitsüchtig
grifflachen – still für sich lachen
grimmelig – grau, unsauber
grimmeln – wimmeln, *grimmeln un wimmeln*
Grips – Verstand
Gröölbüdel – Schreihals, Prahlhans
gröön – grün
Gröönhöker – Gemüsehändler
Gröönworen – Gemüse
groot – groß
grootflappig – großmäulig
gröten – grüßen
Grött – Größe
Grugel – Grausen
grulich – fürchterlich, gräßlich, unheimlich

Grütt – Grütze; (scherzhaft) Gehirn, *in de Grütt hauen* – kaputt machen

Gruus – Schutt, *in Gruus un Muus* – völlig zerstört

gruveln – grübeln

Gulp – großer Schluck

günt, güntsiet – gegenüberliegend, jenseits

güst – unfruchtbar, trokken

güstern – gestern

H

Haas – Hase

Haavk – Habicht

hachpachen – stoßweise atmen, hecheln

Hack – Hacke, Gartengerät; Ferse, *vun Hack to Nack* – vom Scheitel bis zur Sohle

häkeln – häkeln, hecheln

halen – holen

half – halb

halfklook – geistig minderbemittelt

halfweegs – annähernd, ›halbwegs‹

halfwussen – halbwüchsig, halbstark

halvig – halb (nur bei Uhrzeiten)

Hamel – Hammel; halsstarriger, verborter schwachköpfiger Mensch

Hamer – Hammer

Häng – Teil der Türangel

hannen – gut von der Hand gehen

hannig – handlich; behende

Hans-Dumendick – Däumling

Hansbunkentöög – Narreteien, Dummheiten

Hanschen – Handschuh

hapen – hoffen

happig – gierig; übertrieben

Harder – Hirte

Hart – Herz

Harten – Spielkartenfarbe Herz, *Harten Lena* – Herz Dame

Hartklabastern – Herzklopfen

Hartseer – Kummer, Herzschmerz

Haublock – Klotz zum Holzspalten; ungeschickter, grober, gefühlloser Kerl

Haueree – Schlägerei, Kampf

he – er

hebben – haben

Heek – Hecht; langer, schlanker Mann

heel – ganz, heil, sehr, *heel un deel* – ganz und gar, total

Heen – Henne; abwertend für Mädchen

heesch – heiser

heespesen – unruhig hin und her laufen

heesterig – heiser

heet – heiß

Heiloh – ausgedehnte Heidefläche

Hein-Fienbroot – eitler, eingebildeter Mann

Heiopei – Trottel, unzuverlässiger Mensch

Heister – Elster

hellisch – höllisch; auch Steigerungswort

helpen – helfen

Hemdsmau – Hemdsärmel

heten – heißen

Heven – Himmel

hibbelig – aufgeregt, ungeduldig, nervös

Hickop – Schluckauf

hiddelig – aufgeregt, ungeduldig, nervös

hiemen – laut atmen, keuchen

hieven – aufwinden, heben

hild – beschäftigt, eilig

Himphamp – Wirrwarr, Unsinn, wertloses Zeug

Hinkepoot – Hinkender

hissen – hetzen, hissen

hitt – heiß

Hock – zusammengestellten Garben; Pferch

Hoff – Bauernhof, Hof, Garten

högen – sich freuen, amüsieren

Hohn – Huhn

Höhnergloven – Aberglauben

hojahnen – gähnen

hökern – Kleinhandel treiben; sparsam mit etwas umgehen

holen – halten

holl – hohl, leer, falsch, unaufrichtig, *holl un boll* – völlig hohl

Holt – Holz; Wald

Holtschen – Holzschuhe

Hööcht – Höhe

Höög, de/dat – Freude, Fest

Hoor, de – Hure, liederliche Frau

Hoor, dat – Haar

Höörn – Ecke, Winkel

höpen – hoffen

Hopphei – Tanzvergnügen; Lärm, Geschrei

hören – gehören; hören; gehorchen

horig – behaart; schwierig zu behandeln

Hövel – Hobel

hucheln – kichern

Hümpel – Haufen, Ansammlung

Hunnenbloom – Löwenzahn, ›Hundeblume‹

hüpen – häufen, häufeln

hüppen – hüpfen

hüren – mieten, pachten, heuern

Hutschefiedel – (scherzhaft) kleines Auto

Huuk – Ecke, Winkel, *in de Huuk* – hockend

Huulbessen – (scherzhaft) Staubsauger

Hüür – Pacht, Miete, Heuer

Huus/Hüüs – Haus/Häuser

hüüt – heute

I

iedel – eitel, nur; eingebildet

Iel – Eile

Ieloof, dat – Efeu

Ies – Eis

Iesen – Eisen

Iesenbahnpahlenopundaaldreiher – (scherzhaft) Schrankenwärter

iesern – eisern, *iesern Hinnerk* – starker, mutiger Mensch

Iesjökel – Eiszapfen; immer frierender Mensch

Iesschapp – Eisschrank

Iever – Eifer

ieverig – eifrig

Ilk – Iltis; unaufrichtiger, streitsüchtiger Mensch

Imm – Biene

Immenschuur – Verschlag für Bienenkörbe

inasen – beschmutzen, dreckig machen

inböten – einheizen; jemandem einheizen, aufstacheln; sich betrinken

inbuchten – einsperren, inhaftieren

Ingedööms – Eingeweide; Hausrat

inkacheln – einheizen

inkieken – hineingucken, einen kurzen Besuch abstatten

inkuhlen – eingraben, vergraben, beerdigen

inöschen – einhaken, unterhaken

ins(t) – einst

inschappen – einsperren, in Gewahrsam nehmen

inwennig – inwendig, innerlich

J

jachtern – herumjagen, tollen, toben

jackeln – wackeln, rütteln, schütteln, voller Unruhe sein

janken – ächzen, Geräusch schlecht geschmierter Achsen und Türen; schmachtend verlangen nach

Janmaat, Jantje – Matrose, Seemann

jappen – den Mund aufsperren, gähnen

jich(t)ens- – irgend

jiddelig – unruhig, nervös, zappelig

Jidder – Euter

jiepen – zirpen

Jieper – Verlangen, Heißhunger

jiepern – heftig verlangen

jiffeln – kläffen, bellen

Jitt – Geiß, Ziege; junges Rind; verzogenes Kind

Johrstiet – Jahreszeit; etwa ein Jahr

Jökel – Eiszapfen, stets frierender Mensch

jöken – jucken

Jöögd – Jugend

Jück – Joch

juckeln – schwanken, schaukeln; schaukelnd fahren

Jule – dummes Mädchen

Jümfer – Jungfer, Jungfrau

jümmers – immer

jumpen – springen, hüpfen

jüst – gerade, soeben, genau

Jüüch – Jauche; (scherzhaft) gehaltloses Getränk oder Soße

juuchen, juuchheien – kreischen, jauchzen, frohlocken

K

Kaat – Kate, Hütte, Häuschen

Kabbelee – Händel, Streit

kabbelig – unruhig (vom Wasser)

kabbeln – streiten, zanken

Kabuff – Verschlag, dunkles Zimmer

Kaff, dat – Spreu; Sägemehl; abgelegenes Dorf

kakelbunt – kunterbunt

kakeln – gackern; tratschen

kaken – kochen

Kaldunen – Eingeweide von Tieren

kalfatern – ein Schiff abdichten
Kalkuun – Truthahn, Pute
kalverig – albern
Kamer – Kammer, Zimmer
kandidel – lustig
Kanink – Kaninchen
Kant – Kante, Seite, Ecke, *de Wind weiht vun de Oostenkant* – von Osten
Kantüffel – Kartoffel
Kanuut – Spießgeselle, Genosse
kappseisen – kentern
karjolen – schnell fahren
Kark – Kirche
karnen – buttern
Karnmelk – Buttermilch
Kaschott – Gefängnis
Kaspel – Kirchspiel
Kassbeer – Kirsche
Kastangel – Kastanie
kathoolsch – katholisch; wunderlich, wütend
Katt – Katze; hinterhältige Frau
Katteker – Eichhörnchen
kattig – kratzbürstig, biestig
Kattuul – Kauz
Kattuun – Baumwollstoff; Effet
keddelig – kitzelig, empfindlich; schwierig zu behandeln
Keed – Kette
Keek – Maul, Mund
Keekler – Mensch, der Lärm macht
keen – keiner, keine, kein; wer, wem, wen
Keerl – Kerl, Mann, Ehemann
Kees – Käse
Keesblatt – (scherzhaft) Lokalzeitung
kekeln – schimpfen
kennen – kennen, erkennen
Ketel – Kessel
kiebig – frech, vorlaut
Kiekbusch! – Guck mal!
kieken – sehen, gucken
Kieker – Fernglas
Kiekschapp – (scherzhaft) Fernseher
Kiel – Keil; Schiffskiel
kielen – keilen
Kiep – Korb
Kiepenkeerl – Mann mit Traglast
kieven – keifen
Kiewiev, op ’n – auf der Hut
Kiewitt – Kiebitz
Kimm – Horizont (auf See)
Kinkhoosten – Keuchhusten
klabastern – polternd gehen

Klabatsch – Riemenpeitsche
Klackerkraam – Kleinigkeiten
Klacks – Klecks, Klümpchen
kladderig – durch Unsauberkeit verfilzt, verschmutzt, durchnäßt
kladdern – klettern
kladdernatt – klatschnaß
Klafferkatt – Angeber
klaffern – angeben, tratschen
klamm – feucht; steif gefroren; ohne Geld
klamüüstern – grübeln, sich etwas ausdenken
Klaps – leichter Schlag; geistige Störung
Klapskalli – Trottel, ungehobelter Mensch
klauen – stehlen
Kledaasch – Kleidung, Klamotten
Kleed – Kleid
kleien – kratzen; scharren, graben
Klever – Klee; Spielkartenfarbe Kreuz
klickern – angeben
klieren – undeutlich schreiben, schmieren
Kliester – Kleister; Trunkenheit
Klock – Uhr, Glocke
klönen – sich unterhalten
klook – klug
Klookschieter – Besserwisser, Naseweis
Klööndöör – in der Mitte quergeteilte Tür
Klöönkasten – (scherzhaft) Telefon
Klöönsnack – leichte Unterhaltung
Klöör – Farbton, Spielkartenfarbe, ›Couleur‹
Klööt – Hoden
kloppen – klopfen, sich prügeln
klöterig – schlecht, kümmerlich, schäbig
Klöterkraam – Nichtigkeiten, Tand
klöven – (Holz) spalten
Klöven – Gebäck, Stollen
Kluck – Glucke
Klümp – Kloß, Klops
Klüten – Kloß, Klops
Klütenkopp – Dummkopf, ›Klopskopf‹
klüterig – mit kleinen Klumpen
klütern – basteln, heimwerken
Klüüs – Loch in der Schiffswand zum Durchlaufen der Ankerkette; Auge, Guckloch
Kluuster – Büschel, Klumpen

Knaken – Knochen, *dat slitt op de Knaken* – das geht auf die Knochen
Knallkööm – (scherzhaft) Sekt
knasch – plötzlich
Knast – Aststelle im Holz
Knastenstöter – (scherzhaft) Tischler
Knaster – grober Tabak
Kneep – Kniff, Trick, Streich
kneepsch – trickreich, schelmisch
knickerig – geizig
Kniep – Klemme, Not; Geldbörse
Knieper – Wäscheklammer; Augenglas
kniepögen – zwinkern, blinzeln
Knieptang – Kneifzange; herrische Frau
kniesen – knausern
Kniev – Taschenmesser
Knipp – Geldbörse
knipsen – schalten; fotografieren
knökerig – knochig
Knoop – Knopf, Knauf; seltsamer Mensch
Knööv – Kraft, *Knööv as 'n Mööv* – schwach
Knösel – kurze Pfeife
Knövel – Knöchel
knüchen – husten
Knüll – Hügel
Knupp – Knospe; Erhöhung
knütten – knoten, stricken
knuttfüüsten – die Faust ballen
Knuust – Anfangs- und Endstück eines Brotes
Kock – Koch
Koh / Köh – Kuh / Kühe
köhlig – kühl
Köhlschapp, dat – Kühlschrank
Koken – Kuchen
Kombüüs – Schiffsküche
kommod(ig) – gemütlich, bequem
Köök – Küche
Kööksch – Köchin, Haushälterin
koolt – kalt
Kööm – Kümmel, Schnaps
Koor – Karre
kopen – kaufen
Kopp / Köpp – Kopf / Köpfe
Koppel – eingefriedigtes Stück Land; Schar, Haufen
koppheister – kopfüber
kören – (Vieh) prämieren
Korona – Gruppe, Bande, Rotte
kort – kurz
körtens – kürzlich

Kötel – Kotklumpen
kötern – hin- und herlaufen, jemandem nachlaufen
Kraamstücken – bedeutungslose Dinge
Kraasch – Mut, ›Courage‹
Krack – altes Pferd
Krakeel – Lärm, Geschrei
krall – gesund, munter, kräftig
kransheistern – zurechtweisen, schlagen
Kratt – Unterholz, Gestrüpp, *dör Kruut un Kratt* – querfeldein
kregel – lebhaft, munter; kräftig, gesund
kreihen – krähen
krellen – drehen, wenden
kreteln – streiten; schiedsrichtern (beim Boßeln)
krimpen – einschrumpfen
Krink – Kreis
Krintenkacker – Kleinigkeitskrämer, ›Korinthenscheißer‹
kröchen – keuchen
Kröger – Gastwirt
Krökel – Runzel
krömen – krümeln, einbrocken
Krönk – Chronik
Kroog – Gastwirtschaft
Kroon – Krone; Kranich
Kroos – Krug (Gefäß)
Kröööt – Kröte; ungezogenes Kind
kröpelig – elend, verkümmert, armselig
krosch – knusprig
krötig – ungezogen, eigensinnig
Krüff – Krippe
Krüll – Locke
Krümm – Biegung
krupen – kriechen
Kruuk – Krug, Kruke; *anno Kruuk* – anno dunnemals
krüüsch – wählerisch (beim Essen)
Kuhl – Loch, Grube, Grab
Kuhlengraver – Totengräber
Küll – Kälte
kumpavel – imstande
kumpleet – komplett; beleibt
kunkeluren – spionieren
künnig – kundig, klug
Küsel – Kreisel
küseln – herumwirbeln, sich drehen
Küül – Keule
küüm – schwach, kränklich
Kuunhahn – Truthahn, Pute
Kuus – Backenzahn
küütbüten – tauschen

L

laat – spät
labberig – kraftlos (bei Speisen und Getränken)
langen – reichen; ausreichen
langs – entlang, längs
langtöögsch – schleppend, langweilig
Lark – Lerche
lastig – beschwerlich
laten – lassen; scheinen
latiensch – lateinisch
laven – loben, geloben
Lebber – Leber
Ledder – Leder; Leiter
leddern – ledern, *engelschleddern Büx* – Manchesterhose
leddig – leer
Lederkeerl – Liedermacher
Lee – Sense; windabgewandte Seite
Leed – Lied; Leid; Schwelle; Glied, Gelenk
leeg – übel, schlecht
leev – lieb, *leev hebben* – lieben
legen – lügen
leggen – legen
lehnen – leihen, entleihen; lehnen
lehren – lernen; lehren
leidig – unangenehm, seltsam
leifig – gewandt, geschickt
Leit – Leine zum Führen von Pferden; *he hett dat Leit* – er hat die Leitung
Lengen – Verlangen, Sehnsucht
Lenk – Kettenglied
lenz – leer (von Flüssigkeit), erschöpft
lenzen – leerpumpen
Lepel – Löffel
Leuwagen – große Bürste mit langem Stiel, Schrubber
leven – leben
Lewark – Lerche
Lex – Lektion, Lernstoff
Lidd – Glied, Gelenk
Liddmaat – Mitglied
liek – gleich; gerade
Liek – Leiche
Liekedeler – Pirat, ›Gleichteiler‹
liekers – trotzdem, gleichwohl, dennoch
liekerveel – gleichviel; gleichgültig, einerlei, egal
lierlütt – sehr klein, winzig
Liev, dat – Leib
Lievwäsch – Unterwäsche

liggen – liegen
lingelang – der ganzen Länge nach
Linkspoot – Linkshänder
Linn, Linnenboom – Linde
linnen – aus Leinen
Lock – Loch
lodderig – nachlässig, liederlich
Loff – Lob
Loof – Laub
lööpsch – brünstig, läufig
lopen – laufen, *dat löppt op Schiet ut* – geht schlecht aus
Löper – Läufer; Murmel
Lorbass – Lümmel, Taugenichts
Lork – Kröte; unangenehmer Mensch
lummerig – schwül, trübe
lumpsch – sehr, gewaltig
Lunk – Vertiefung
Lünk – Sperling
luren – warten, harren; lauern
lurig – schwül; lauernd; behaglich
lütt – klein
Luuk – Luke, *an de Luuk hebben* – an der ›Waffel‹ haben
luukohren – horchen, die Ohren spitzen
luukohrig – hellhörig
luunsch – launisch
Luur – Lauer, *op de Luur hebben* – bezweifeln, verdächtigen
Luuspadd – (scherzhaft) Scheitel, ›Lauspfad‹
luustern – horchen, lauschen
Luuv – windzugewandte Seite

M

Maak – 'Mache', *in de Maak nehmen* – bearbeiten
maal – mal, einmal
Maand – Mond, Monat
Maat, dat – Maß
Maat, de – Kumpan, Gefährte; Seemann
Machandel – Wacholder
mackelig – bequem
Macker – Partner, Freund
maddelig – schwach, übel
maken – machen
Mäken – Mädchen
mall – verrückt, albern, wunderlich
Mallbüdel – Verrückter, Irrer, Spinner
mallerig – albern
Mallöör – Unglück
mallören – verunglücken; Pech haben

man – nur, bloß, aber
mank – unter, zwischen
Mann – Mann, *Mann in de Tünn* – Ausruf der Verwunderung
Mannslüüd – Männer
Masch – Strickmasche; Marsch (eingedeichtes Land)
Masseln – Masern
mau – dürftig, mittelmäßig; unwohl, übel
Mau – Ärmel, Bizeps
Medder – Tante
meden – mieten, pachten
meist – fast, beinahe
meisttiets – meistens
melanklöterig – melancholisch, traurig
Menen – Meinung
mengeleren – mischen
mennich – manch
Mess – Messer; Mist
meten – messen
Mett – Regenwurm
Metz – Messer
mi – mir, mich
mickerig – kümmerlich
middewiel – unterdessen
Miegeem – Ameise
miegen – pinkeln
miemeln – grübeln
minn – gering, schlecht
minnachtig – geringschätzig, abfällig; gering, klein
Minsch, de – Mensch, *dat Minsch* – herabwürdigend
Missingsch – Mischsprache: halb Hoch-, halb Plattdeutsch
mit'nmaal – plötzlich
Moder – Mutter
Möh – Mühe
Möhm – Tante
moi – angenehm, schön
Monarch – Landstreicher, heruntergekommener Mensch
mööd – müde, *mööd as 'n Pogg* – sehr müde
Möög – Belieben
möör – mürbe, morsch
Moors – Hinterteil, *in'n Moors* – kaputt
Moos – Mus
Mööt – Begegnung, Treffen
Moses – Schiffsjunge
möten – müssen
Muck – Trinkbecher, Gefäß; spezielles Getränk
mucksch – übellaunig
muffig – schlecht gelüftet; schlecht gelaunt
mullig – staubig, trocken
mullschig – faulend
Mullwarp – Maulwurf
munkelig – düster, trübe
Murks – Pfuscharbeit, Unordnung

musenstill – mäuschenstill
Mussel – Muschel
Muul – Maul, Mund
muulsch – bockig, eingeschnappt, maulig
Muus/Müüs – Maus/Mäuse, *markst Müüs?* – fällt dir etwas auf?
Muuskist – Vorratskiste, Gerümpelkiste

N

naakt – nackt
nadenkern – nachdenklich
nadreegsch, nadregern – nachtragend
nahstens – nachher
nakelt – nackt
nargens, narms – nirgends
narrsch – närrisch, seltsam, verrückt, dumm
Naschrapels – Übriggebliebenes, Zusammengekratztes
naseggen – verraten
Naverschop – Nachbarschaft
nedden – unten
nee – neu
neeg – nah
neem – wo, Kurzform von: woneem
neemoodsch – neumodisch, modern
Nees – Nase
neeschierig – neugierig
negen – neun
neihen – nähen
nerig – geizig, sparsam, gierig
nerrn – unten
Nett – Netz
nickköppen – nicken
niedsch – eifersüchtig, neidisch
nienich – nie (verstärkt)
nipp – genau, *nipp un nau* – ganz genau
nippeln – nippen
nödeln, nölen – langsam sein, trödeln
nölig – trödelig, langsam
noog – genug, ausreichend
Noor – Narbe
Nööt – Nuß, Nüsse
Nück – Laune, Schrulle, *Nücken un Tücken*
nücksch – launisch
nuddelig – träge, unklar
Nudelkasten – (scherzhaft) Drehorgel
nüms – niemand, keiner
nürig – artig, drollig, niedlich
nuschig – nachlässig, angetrunken

O

ofschoonst – obwohl
oftins – oft
Ohm – Onkel
Öhr – Henkel
Ökelnaam – Neckname, Spitzname
Oken – Winkel auf dem Dachboden
öllerhaftig – alt, ältlich
Öllern – Eltern
olmig – verfaulend, morsch
ölven – elf
Oog – Auge
ook – auch
Ool – Chef, Vater, Alter
Oolsch – Chefin, Frau, Alte; Freundin
oolt – alt
ooltbacksch – altmodisch, altbacken
ooltmoodsch – altmodisch, unmodern
Oordeel – Urteil
Oorn – Ernte
oornen – ernten
Oors – Arsch, Hintern
Oort – Art, *dat hett keen Oort* – das hat keinen Schick
Öös – glimmender Docht; Dachtraufe
Öös, Ööster(s) – Mehrzahl von Aas
Öösch – Öse
Öösfatt – Gefäß zum Ausschöpfen
Oost – Osten
Ööster – Auster
op – auf
opblucken – aufflammen
opklöven – aufspalten
oppluustern, sik – sich aufblasen, aufspielen
oprebbeln – Gestricktes wieder auflösen
opsteken – Feuer anstekken
opsternaatsch – aufsässig, störrisch, widerspenstig
opstunns – zur Zeit, augenblicklich
opwohren – aufheben, aufbewahren
Orlog – Kriegsschiff, Seekrieg
ornlich – ordentlich
ösen – schöpfen
Oss – Ochse; Dummkopf
ossig – wild
övelnehmsch – leicht verstimmt, nachtragend
över – über, übrig
Över – Ufer, Grabenrand
överkoppsch – hochfahrend
överleidig – überflüssig, reichlich
överpönen – lackieren, überstreichen

P

P – P, *'n P vörsetten* – Veto einlegen, verhindern, beenden
Paal – Schote, Hülse
Paap – Pfaffe
Paasch – Ostern
Paat – Pate
Packelaasch – Gepäck
Padd – Pfad, Weg
paddelig – ungeschickt
Paddemang – Toilette, ›Appartement‹
Pageluun – Pfau
Pahl – Pfahl
palen – aus der Schale lösen
pall – steif
palschen – plätschern
Palten – Fetzen, Lumpen
pampig – breiig; frech, unfreundlich
Pamps – Brei
Pampuuschen – Hausschuhe, Pantoffeln
pannen – pfänden
Pannkoken – Pfannkuchen, Dummkopf
Part – Teil, Anteil
passlatant – zum Zeitvertreib
paten – pfropfen, pflanzen
Patsch – Feuerlöschgerät; Hand
pauen – treten
pedden – treten
Peek, Peekhaken – langer Stock mit Spitze und Haken
Peerd / Peer – Pferd / Pferde
Peper – Pfeffer
Persetter – Lehrer
Pesel – (unbeheiztes) Repräsentationszimmer im Bauernhaus
pesen – rennen, hasten
peverig – kränklich
Pick – Pech
Piedel – Penis
Piek – Pickel
piel – steil, aufrecht
Pieler – Pfeiler
Pien – Schmerz, Mühe
Piep – Pfeife
piepeln – kränkeln
pieren – quälen, schmerzen
piesacken – quälen
pimpelig – schwächlich
pingeln – klingeln
Pinn – Nagel, Pflock, Ruderstange
Pint – Penis
pissen – urinieren; regnen
Pissmier – Ameise
Placken – Flecken
pladdern – stark regnen
Plagg – Rasen- oder Heidestück

Planter – Pflanzer, Planzstock, *wenn de Boom is groot, is de Planter doot*

Pläseer – Vergnügen

Platen – Schürze; Backblech

plattbarft – barfuß

plegen – pflegen

Plicht – Pflicht; Teil eines Bootes

Plie – Verstand, Pfiffigkeit

plieren – blinzeln, zwinkern

plietsch – klug, pfiffig, listig, schlau

plinkögen – blinzeln, zwinkern

Plinten – Gebäck

plögen – pflügen

Ploog – Pflug; Schar

Plöör – dünnes Getränk

plörig – dünn, geschmacklos

plötern – plappern

plücken – pflücken

Plumm – Pflaume

Plünnen – Lumpen, Kleidung

Pogg – Frosch

Poggüüz – Kröte

Pöhl – Unterbett

Pook – Messer, Dolch

Pööks – Dreikäsehoch

Pool – Pfütze; Tränkstelle

Poort – Pforte, Tor

Poot – Pfote, Klaue

Popp – Puppe

Posensteel – Federhalter

Pötter – Töpfer

pover – armselig; ausgelaugt

praat – bereit, ›parat‹

Pracher – Landstreicher, Bettler

prahlen – angeben, rufen

pramsen – stopfen

pramsig – vollgestopft, satt

praten – plaudern, schwatzen

preestern – predigen; großsprecherisch reden; Vorhaltungen machen

prick – akkurat, genau, *op 'n Prick* – haargenau

printen – drucken, prägen

prökeln – stochern

proppen – pfropfen, stopfen

Proppen – Korken, Pfropfen; kleiner, dicker Mensch

Proppentrecker – Korkenzieher; Dummkopf

pröven – prüfen; probieren; abschmecken

prünen – nachlässig nähen

Prüük – Perücke

Prüüntje – Stück Kautabak
pruusten – niesen
Puckel – Buckel, Rücken
puckern – klopfen, pochen
Puhei – Lärm, Aufhebens
Püjatz – Hanswurst, ›Bajazzo‹
pulen – pellen, klauben
pullen – rudern
pulschen – mit Wasser spritzen
pulterig – ärmlich, zerlumpt
Pummel – kleiner, dicker Mensch
Pümpel – Stampfer
Punz – Scheide
pupen – furzen, *slapen, freten, supen, langsaam gahn un pupen: dat sleit an*
purren – stochern
pusseln – leichte Arbeit tun
Putt – Topf
Puttfarken – schmieriger, schmutziger Mensch
Püttjer – Töpfer, Ofensetzer; langsam und pedantisch arbeitender Mensch
püttjerig – kleinlich, pedantisch
püttjern – töpfern; Kleinarbeit verrichten
Putz, Putzmann – Polizist
Pütz – Eimer
Putzbüdel – Frisör
Putzlaputz – Faktotum
Puuch, de – Bett
püük – sauber, adrett, ordentlich
Puups – Furz; kleiner, geringgeachteter Mensch
Puus – Scheide
puusten – blasen, pusten
püüstern – blasen, pusten; antreiben, scheuchen

Q

quaad – böse, schlecht, zornig; falsch, zänkisch; kümmerlich, ärmlich, klein
quackeln – inhaltslos reden; krank tun; unschlüssig sein
Quaddel – Hautschwellung, Bläschen, Pustel
Qualm – Qualm, Rauch, *Qualm maken* – Lärm machen, Aufsehen erregen
Qualster – Schleim, Auswurf
Quant – Tand; Windbeutel, Schalk, Eulenspiegel

Quanten – Ausflüchte, Ausreden, Lügen, Flunkereien; große Füße

quantswies – beispielsweise; nicht ernsthaft; Stück für Stück

Quappenkopp – dummer, häßlicher Mensch

quarken – nörgeln

quarren – quaken, knurren, wimmern

quarrig – verdrießlich

Quees – Hautquetschung, Schwiele

Queesmichel – Nörgler, Querkopf

quengeln – nörgeln, aufdringlich verlangen

quesen – nörgeln, etwas auszusetzen haben

quick – lebhaft, lebendig

Quicksteert – Bachstelze; unruhiger, zappeliger Mensch

Quiddje – Fremder, Nichtplattdeutscher

quiemen – schwer atmen, heiser reden; kränkeln

quiet – quitt, ledig, frei

quosen – widerwillig essen; mit vollen Backen kauen; nörgeln, widerwillig sprechen

quüchen – keuchen, husten

R

Raasch – Wut, Zorn

Raav – Rabe

Rackertüüg – Rasselbande, Pöbel

Radel – Rätsel

raken – zusammenholen, kratzen, raffen

rallögen – die Augen verdrehen

ramentern – lärmen, poltern, toben

Ramm – Ramme; Krampf

ramdösig – sehr dumm, benommen

Rand – Mund, Mundwerk

Rappelkopp – verwirrter Mensch

rappeln – ohne Punkt und Komma reden

Rappsnuut – vorlauter, frecher Mensch; Schwätzer

Rebeet – Gebiet

Redder – von Wällen und Knicks umgebener Feldweg

redig – schnell zuzubereitend; fertig

Reedschop – Gerät

Reeg – Reihe, Ordnung

Reem – Gürtel; Ruder
Reep – Seil
Reepsläger – Seilmacher
Reetje – Rohrstock
regen – regnen
Reis – Reise, *'n Reis maken* – eine Standpauke erhalten
rejell – reell, ehrlich, aufrichtig; ordentlich
reken – rechnen
Reken – Rechnung
retour – zurück
Rick – Stange, Gestell
rieden – reiten
Rieg – Regal, Bord
Riemel(s) – Gereimtes, kleines Gedicht
riesen – aufstehen, aufgehen
rieten – reißen
Rietenspliet – Wildfang
Rietsticken – Streichholz
rieven – reiben
ring – gering, schlecht
rippen, sik – sich bewegen, rühren
risch – energisch, zupakkend; schlank; rüstig
rögen, sik – sich bewegen, rühren
Roh – Ruhe
roken – rauchen (als Folge von Feuer)
rökerig – rauchig, verräuchert
Rönn – Rinne
Rook – Rauch
Röök – Geruch
roor – selten
Rööv – Rübe
ropen – rufen
roren – weinen, brüllen
rötern – rasseln; plappern
Rott – Ratte
röver – hinüber, herüber
Röver – Räuber
Rüch – Rücken
Rükelbusch – (scherzhaft) Blumenstrauß, ›Riechbusch‹
rüken – riechen
rummeln – poltern, rumpeln; donnern, gewittern
runksen – hobeln; sich hinflegeln
rusen – rauschen, rutschen; brausen
rusig – rauh; stürmisch
Ruten – Fensterscheiben; Spielkartenfarbe Karo, *Ruten-ut spelen* – verrückt spielen
ruuch – rauh, grob
ruum – groß, weit, günstig; freigebig; *rumen Wind* – Wind von hinten
Ruun – Wallach
Ruup – Raupe; törichter Gedanke

Rüüsch – Binse
rüüschen – rutschen; Schlitten fahren; einen Schlag versetzen
ruut – hinaus, heraus
Ruut – Fensterscheibe
ruutkleien – herausputzen
ruutsuren – herauskommen, ›heraussauern‹

S

Saag – Säge; Sage
Saalhund – Seehund
sabbeln – unnötiges Zeug reden
sachen – sanft, leise
sacht – sanft; allmählich
sachts – sicherlich, wohl
sackereren, zackereren – schimpfen, wütend reden
sagen – sägen
Sahl – Sohle; Tümpel
salterig – unsauber, schmierig
Saps – Matsch, Schlamm
Sarg, de/dat – Sarg
Satt – flache Schüssel
saustern, zaustern – tratschen, keifen, streiten
Schaal – Schale (Gefäß)
Schaap – Schaf/Schafe
schabbig – schäbig, unfreundlich, gemein
Schacht – Prügel
Schächt – Schaft
schafutern – schimpfen, fluchen
schalu – eifersüchtig; mißgünstig; schüchtern
Schandaal – Lärm, Skandal
Schandarm – Polizist
schanderen – schimpfen, fluchen
schaneerlich – genierlich, peinlich
schanneweert – schändlich
Schäper – Schäfer
Schapp, dat – Schrank
Scharn, de/dat – Mist, Kehricht
scharp – scharf
Scharpbüx, de – Flittchen
Scharteek – altes Buch, altes Möbelstück; alte Frau
Schatt – Steuer, Abgabe
schaven – hobeln; rasieren
schedderig – elend, schlecht, unansehnlich
Scheed – Scheide; Feldgrenze
Scheel – Unterschied; Grenzscheide
Scheet, de/dat – Kot
scheevsch – schäbig, falsch

schehn – geschehen
schelen – schielen; einen Unterschied ausmachen
Schell – Schale (Umhüllung)
schellen – schälen; schelten, schimpfen
schenant – genierlich, schamhaft
scheren – mit einer Schere schneiden
scheren, sik – sich kümmern; sich entfernen
schesen – sich schnell bewegen, jagen
scheten – schießen
Schick, de – Art und Weise, guter Zustand
schier – rein; glatt; hübsch
Schiet, de/dat – Mist, Dreck, Scheiße, Abfall; angemischter Mörtel, *op Schiet setten* – stranden, auf Grund setzen
Schietbüdel – (Kosewort)
schieten – scheißen
Schipp/Scheep – Schiff/Schiffe
schippern – ein Wasserfahrzeug fahren oder steuern
schirrwarken – mit Gespann arbeiten
Schisslaweng – Dreh, Kniff
scho – scheu, schüchtern
Schoof – Garbe von Stroh oder Reet
Schöör – Scherbe
Schoot, de/dat – Schoß
Schört – Schürze
Schott – Riegel, Verschluß
schraag – schräge, kümmerlich
schracheln – schnattern, albern lachen
schraffelig – unbedeutend, heruntergekommen
Schrapels – Überbleibsel, Zusammengekratztes
schrapen – kratzen, schaben, rasieren
schrieven – schreiben
schrökelig – hinfällig
schrubben – scheuern, kratzen, reiben
schrumpelig – runzelig, eingetrocknet
schruterig – schauerlich
schu – scheu
Schü – Soße, Tunke
schuckeln – schmuggeln
schuddern – zittern
schulen – lauern, schielen; Schutz suchen, *dat schuult doch achter't Holt, sä de Knecht, dor heel he sik den Pietschenstock vör't Gesicht*

schüllen – sollen
schüllig – schuldig
schummern – dämmern
Schüpp – Schaufel; *Schüppen* – Spielkartenfarbe Pik
schüttkoppen – den Kopf schütteln
Schuuf, de/dat – Schublade
Schuur – Schauer; Scheune; Anfall
schuven – schieben
se – sie
See – der See, die See, große Welle
Seeg, Zeeg – Ziege
Seev – Sieb
seggen – sagen
seien – säen
Seil – Segel
Seis – Sense
Sellschop – Gesellschaft
sengeln – in Brand setzen, schwelen
setten – setzen
Setter – große starke Person, großes Pferd
Sever – Käfer
siendaag – Zeit seines Lebens
siepen – sickern
sik – sich
simmeleren – nachdenken, grübeln, träumen
sinnig – langsam, bedächtig, ruhig, leise
Sireen – Sirene; Syringe
sitten – sitzen, *sitten gahn* – sich hinsetzen
slaan – schlagen
Slaav – Sklave
Slackermaschü – Schlagsahne
Slag – Schlag; Sorte
slampampen – schlemmen
slanterig – nachlässig
slapen – schlafen
slappen – schlürfend trinken
slarpen – schlurfend gehen
sleetsch – leicht verschleißend
Sleev – Holzlöffel; Taugenichts
Sleng – Schlinge
Sleuf – Schleife
slieken – schleichen
sliepen – schleifen
sliepsteerts – beschämt, niedergedrückt
slieten – abnutzen, *de Fule is bloots bang, dat de Arbeit to gau opslitt*
Slipp – Zipfel
slippen – gleiten, schlüpfen, entgleiten
slömen – schlemmen, prassen

Slöök – Gurgel, Kehle
slööksch – gierig im Essen
Slööp – Schleife
Sloot – Graben
Slöpendriever – Herumtreiber
slöpig – nachlässig, unordentlich
Slötel – Schlüssel
Slott – Schloß
Sluck – Schluck, Schnaps
sludderig – unordentlich, liederlich
sludern – tratschen
sluffig – nachlässig
sluken – schlucken
slumpen – schätzen, erraten; (zufällig) gelingen, klappen
Slunk – Kehle; Vertiefung
Slunt – abgerissenes Stück Zeug, Lumpen
slurren – schlurfend gehen
sluten – schließen
Sluuf – Hülse
sluukohrig – mutlos, ›mit hängenden Ohren‹
Sluup – Bettbezug
sluusohrig – gewitzt
Smacht – Hunger
Smack – Geschmack
Smart – Schmerz
Smeed – Schmiede
Smeer – Schmiere, Fett
smeetsch – biegsam
smeren – schmieren, cremen
smiedig – geschmeidig
smieten – werfen, schmeißen
Smitt – Schmied
smöken – Tabakwaren rauchen
Smolt – Schmalz
Smooraal – geräucherter Aal
smuck – hübsch
smuddelig – leicht verschmutzt
Smudderregen – leichter Regen
smuustergrienen – schmunzeln
smuustern – schmunzeln
Smuutje – Schiffskoch
Snaak – Schlange
snaaksch – seltsam, merkwürdig
snabbeln – naschen
Snack – Gespräch, Redensart
snacken – reden, sprechen, plaudern
Snavel – Schnabel
Sneer – Schlinge
sneren – mit einer Schlinge fangen
Snick – Schnecke
snieden – schneiden
Sniederkarpen – (scherzhaft) Hering

Snipp – Schnabel, Spitze; Schnepfe
snittjern – schnitzen, kerben, tischlern
snökern – heimlich schnüffeln, suchen
Snööf – Schnupfen
Snoor – Schnuur, Kabel
snopen – naschen
snören – schnüren
snorken – schnarchen
Snöter – Plappermaul
Snott – Nasenschleim
Snottdook – Taschentuch
snuckern – schluchzen
snückern – naschen
snuddelig – unsauber
snüffeln – schnüffeln, schnauben; trinken; stolpern
snüüstern – schnüffeln, suchen
Snuut – Schnauze, Mund, Gesicht
sodennig – so
sodraad – sobald
söhlen – im Schmutz wühlen
söken – suchen
solten – salzig
Sood – Sode
Söög – Sau
Soom – Saum
soor – dürr, ausgetrocknet, welk
Soot – Brunnen
sööt – süß, niedlich
Söten – Kuß
Sott – Ruß; Glück
Sottje – Schornsteinfeger
söven – sieben
Spaak – Schimmel; Speiche
spaddeln – strampeln
spakig – verschimmelt
Spalk – Lärm, Scherz
sparken – mit den Füßen austreten
spattlahm – ermüdet
Speek – Speiche
speen – spucken, speien, sich übergeben
spektakeln – lärmen
spelen – spielen
Spickaal – geräucherter Aal
spickeleren – nachdenken, belauern
Spieker – Speicher; großer Nagel
Spier – kleines Stück, Kleinigkeit, Prise; langes Stück Holz
spietsch – spöttisch
Spijöök – Spaß, Scherz, Narretei
Spill – Spiel
spillen – verschütten
spillerig – dünn, hager, zerbrechlich
Spitt – Spieß, Stange zum Räuchern; Spatenstich

Spittelfix – schwacher, kränklicher, schmächtiger Mensch
spittelig – dünn, hager, zerbrechlich
Spleet – Riß, Spliß
Splien – Tick, Marotte
splieten – spalten, spleißen
Splint – Splitter, kleiner Bolzen
spoden – sputen, beeilen
Spökels – Spuk, Gespenst
Spökenkieker – Hellseher
Spöök, de/dat – Spuk, Gespenst
Spoor – Sparren; Spur, *wat op Spoor hebben* – einen Plan verfolgen
Spraat – Sproß, Keim
spreden – ausbreiten
Spree – Star
spreeksch – gesprächig
Spriet – Alkohol; Kraftstoff
Sprock – Reisig
Spröök – Spruch
Sprütt – Spritze
Spucht – Wicht
staatsch – stattlich, prächtig
Stackel – bedauernswerter Mensch
stahn – stehen
staken – staken; steif gehen; stochern
Staken – Stock, Stab
stakig – lang aufgeschossen
Stamerbuck – Stotterer
stamern – stottern, stammeln
stantepe – sofort, stehenden Fußes, ›stante pede‹
Stapp – Gefäß aus Holz; Schritt, Stufe
starven – sterben
Stee(d) – Stelle, Platz; Bauernhof
Steek – Knoten
steersch – aufsässig
Steert – Schwanz
steertjen – hinterherschleichen, scharwenzeln
steilen, sik – aufrichten
steken – stechen; stecken
stevig – kräftig, widerstandsfähig, fest, stramm
Stickelbeer – Stachelbeere
Sticken – Stecken
stickendüüster – stockdunkel
Stieg, de/dat – 20 Stück, Stiege
Stieg, de – schmaler Weg
stiegen – steigen
Stiep – Stütze
stievnacksch – halsstarrig, ›steifnackig‹
stilkens – heimlich

Stint – kleine Fischart
Stippels – Soße, Tunke
Stoff – Staub; Stoff
stökern – stochern
Stoot – Weile; Stoß
stöten – stoßen
stoven – mit Milch bereiten, schmoren
stövig – staubig
Straat – Straße
stracks – sofort, direkt, geraden Weges
strake(l)n – streicheln
strapseren – strapazieren
Streek – Strich; Strecke
Streiels – Streu
strekig – gestreift
Stremel, de – Stück, Strecke, Streifen; Spanne Zeit
strichen – stricken
Strichwiern – Stricknadeln
strieden – streiten
strieken – streichen, malen
Striep – Streifen
ströpen – umherstreifen
strullen – sprudeln, Wasser lassen
Strunt – Schmutz
struuf – rauh
Struuk – Strauch
Stülp – Deckel
Stummel – Stummel; kleiner Mensch
Stünn – Stunde; *'n Stünnstiet* – etwa eine Stunde
Stütt – Stütze
stüttig – stetig
stuuf – stumpf
stuur – steif, starr, schwer, stur
Stüür, dat – Steuerrad, Lenkrad; Leitung
Stüür, de – Steuer, Abgabe
stüürboord – rechts (vom Steuermann)
Stuuv – Stube
süchten – seufzen
suckeln, zuckeln – dahintraben
suddeln – unsauber arbeiten
sugen – saugen
Süll – Schwelle
sülvst – selbst
sünig – sparsam
Sünn – Sonne
sünner – ohne
sünnerlich – besonders
Sünnsprütten – Sommersprossen
supen – saufen
Süster – Schwester
süük – krank
Süük – Krankheit, Seuche
Suupbütt – Trinker; Trinkgefäß
suur – sauer
suustern – flüstern
suutje – sacht, sanft

swabbeln – schwanken, wackeln
swalken – schwanken, schaukeln
Swattsuur, dat – Schwarzsauer (Gericht)
Sweep – Peitsche
Sweuen – Bewegung von Schiffen vor Anker
Swevel – Schwefel
swiegen – schweigen
Swiem – Ohnmacht
swiemelig – schwindlig
Swienegel – Igel; Schmutzfink
Swienjack – Schmutzfink; Schuft
swienplietsch – keck, pfiffig, verschlagen
swieren – ausgelassen (mit Tanz und Alkohol) feiern, sich herumtreiben
swiestern – flüstern
swögen – viele Worte machen, schwärmen
swömmen – schwimmen
Swoort – Schwarte
Swulk – Schwalbe
Swutsch – Ausschweifung, *op 'n Swutsch gahn* – feiern gehen
swutschen – liederlich leben

T

taag – zäh, ausdauernd, hartnäckig
tachentig – achtzig
Tack – Zacken; Zweig
Tagel – Prügel
tageln – prügeln
Tähn – Zahn, Zähne
Takeltüüg – Gesindel, Pöbel, ungezogene Kinder
Tall – Zahl
Tallig – Talg
Talten – Fetzen
tamm – zahm, *tamm as 'n Lamm*
Tampen – Tauende, Seil
Tang – Zange; Zweig; Balken
Tapp – Zapfen
Tardel – Würfel
tarren – zerren, reizen
tatterig – zittrig, altersschwach, wackelig, unsicher
Teev – Hündin
Tegel – Ziegel
tegen – gegen
tehn – ziehen
tehren – zehren
teihn – zehn
teken – zeichnen
Teken – Zeichen
Telgen – Zweig, Ast
tellen – zählen
Telt – Zelt

tieren, sik – sich benehmen, anstellen, sich zieren
Tiet – Zeit
tillföten – mit den Füßen zappeln
Timmer – Dachstuhl, Fachwerk
Timp – Zipfel
Tipp – Spitze; leichte Berührung; Hinweis
tochen – ziehen (von Zugluft)
tofaten kriegen – erwischen
tofreden – zufrieden
Tog – Zug; Zugluft
Tohn/Töhn – Zehe/Zehen
tohöócht – hoch
tohoop – zusammen, zuhauf
tohören – zuhören; gehören
tokamen – künftig, nächst
tokehr gahn – wüten, toben, rasen
Toll – Zoll (Maßeinheit); Zoll (Abgabe), Zollkontrollstelle
tolöven – versprechen
tominst – mindestens, zumindest
tonicht maken – zerstören
Töög – Streiche
Toom – Zaum
Toonbank – Theke
Tööt – Stute
Topleger – Handlanger
Topp – Mastspitze, Wipfel
Torn – Turm
Törn – Fahrt, Seereise; Drehung
tosamen – zusammen
toschannen maken – verderben
töven – warten
tövern – zaubern
Traanfunzel – Öllampe; Transuse, Träumer
Trall – Leitersprosse; Gitterstab, *achter Trallen* – im Gefängnis
trecht – zurecht, fertig
trecken – ziehen
Trecker – Schlepper, Traktor
Treckfiedel – Akkordeon, ›Ziehgeige‹
treersch – verzärtelt
tribbeleren – quälen, reizen
trietsen – reizen, quälen, plagen; Ladung hochziehen, aufwinden
trooschüllig – arglos, treuherzig
trüch – zurück
trüchoors – rückwärts
Trünnel – walzenförmiger Körper
trünneln – rollen, wälzen

tschintschen – tauschen, handeln

Tubben – Pflock, Zapfen; Bottich

Tucht – Zucht

tucksen – ruckweise zerren

Tüdelband – Bindfaden

tüdeln – Unsinniges reden oder tun, trödeln

Tüder – Strick, *in de Tüder kamen* – in Verwirrung geraten

tüdern – anbinden; faseln

Tüffel – Pantoffel; ungeschickter Mensch

tüffelig – ungeschickt

tumpig – beschränkt, ungeschickt

tünen – verwirrt reden, spinnen, schwindeln; einzäunen

Tung – Zunge

tusen – zausen

tutig – einfältig, zutraulich

Tuur – Reise, Tour; Anfall

Tüüt – Tüte, *nich in de Tüüt kamen* – nicht in Frage kommen; *ut de Tüüt ween* – aus dem Häuschen sein

Tuuts – Kröte

twalen – schlendern

twee – zwei

Tweedüüster – Zwielicht

Tweern – Zwirn

tweernen – faseln, spinnen

Tweeschen – Zwilling

twei – entzwei, kaputt

twelen – sich verzweigen

Twieg – Zweig, Ast

Twiet – schmale Straße, Gang

twintig – zwanzig

twölf – zwölf

U

Udel – (Hamburg) Polizist

ulen – (mit einem Handfeger) fegen

ümtrent – ungefähr, in etwa

Undöögt – Streich

unglöövsch – ungläubig

unklook – närrisch, verrückt, *unklook spelen* – Krawall machen

unnasch – unartig

ünner – unter

Ünnerdack – Obdach

Ünnereerdsche – Zwerge

unverwohrens – überraschend, unverhofft

ut – aus

utbüxen – flüchten, entwischen

utdunen – nüchtern werden

utfreten – anstellen, aushecken, ›ausfressen‹
utklamüüstern – herausfinden, ausdenken, erfinden
utkunkeluren – ausspionieren
Utlucht – Erker
utneihen – flüchten, entwischen
utscheiden – aufhören
utsimmeleren – ausdenken
utverschaamt – unverschämt
utwussen – erwachsen, ausgewachsen
Uul – Eule
Üüz – Kröte
üzen – necken, aufziehen
üzig – unfreundlich, pampig

V

vagelig – verrückt, vogelig
veel – viel
veniensch – giftig, hinterhältig, gemein
verbaast – überrascht, verdutzt
verbeden – verbieten
verbiestern – sich verirren, sich irren
verbumfiedeln – verschwenden, verderben, zunichte machen
verdeffenderen – verteidigen
verdori – verdammt (Fluch)
verdreten – verdrießen
verdüvelt – verteufelt, verdammt
verdwars – quer; ungelegen, *verdwars un verdweer*
Verfaat – Verfassung
verfehren – erschrecken, einschüchtern
vergarven – gerben, *dat Fell vergarven* – verprügeln
vergeevs – vergeblich
vergeten – vergessen
vergrellt – zornig, verärgert, böse
verhackstücken – verarbeiten, bearbeiten; verhandeln, beraten, durchhecheln
verhalen, sik – sich erholen
verhalen – transportieren, ein Schiff mit Tauen an eine andere Stelle ziehen
verjagen – erschrecken, verjagen
verklaamt – erstarrt, klamm

verklookfiedeln – erklären, beibringen
verkloren – erklären
verknusen – ertragen, verdauen
verköhlen – erkälten
verkrellt – verdreht
Verlaat – Verlaß, *dor is Verlaat to* – darauf kann man sich verlassen
verlangen – verlangen, fordern, *dat schall mi mol verlangen* – ich bin gespannt
verleden – vergangen, *verleden Week* – letzte Woche
Verlööf – Erlaubnis
Vermaak – Anteil, Interesse
vermoden, sik – auf etwas gefaßt sein
vermuckt – eigensinnig, verbockt, renitent
vermünnern, sik – sich erholen
verposamenteren – erklären, erläutern
verpuusten – ausruhen, erholen
Verscheel – Unterschied
verschütt gahn – abhanden kommen, verhaftet werden
versupen – ertrinken; versaufen
vertageln – verprügeln, körperlich züchtigen
vertobacken – verprügeln
vertöörnen – erzürnen, streiten
Viez – Vize, Stellvertreter
vigeliensch – pfiffig, durchtrieben, knifflig
vördag kamen – ans Licht kommen
vörföötsch – zielstrebig, Fuß vor Fuß
Vörjohr – Frühling, Vorjahr
vörpreestern – einreden, belehren
vörtüüch kamen – zum Vorschein kommen
Voss – Fuchs
vun – von
vunavend – heute abend
vundaag – heute
vunmiddag – heute mittag
vunmorgen – heute morgen
vunnacht – heute nacht

W

waak – wach
Wach – Welle, Wache
Wacht – Wache; Waage
wachten – warten
Warf – Gewerbe, Anliegen

Warft – Werft; Warft
Warms – Wärme
warrn – werden
Warvel – Knebel, Wirbel
Wass – Wachs
wassen – wachsen
wedder – wieder
week – weich
Week – Woche
ween – sein
Weeswark – Getue, Aufhebens; Anwesen, Betrieb
Weetfro – Witwe
Weetmann – Witwer
wegneihen – aufessen, verdrücken, verschlingen
wegwohren – in Sicherheit bringen, ducken
Wehdaag – Schmerzen
Weiden – Eingeweide
weiharmen – gestikulieren, winken
weihen – wehen
welig – munter, übermütig; kräftig
welk – manche, einige, welche
Welling – Brei, Suppe
wennen, sik – sich gewöhnen
weten – wissen
Weten – Wissen; Weizen
wi – wir
wicken – wahrsagen
Wiechel – Weide (Baum)
wieder – weiter
Wiem – Holzgerüst
Wien – Wein
Wier – Draht
wiesen – zeigen
Wieser – Zeiger
Wiesnees – Naseweis
Wiespahl – Wegweiser
wiessnutig – vorlaut, altklug
wieswarrn – sehen, gewahr werden
wiet – weit, *wiet un siet* – weit und breit
wietlöftig – weitläufig, unkonzentriert
winnen – gewinnen; winden
Wippsteert – Bachstelze; unruhiger Mensch
Wisch – Wiese
wiss – sicher, gewiß
witsche(r)n – weißeln, kalken
witt – weiß
wittschen – blaß
wittsnutig – blaß
wo, woans, wodennig – wie
wohr – wahr
wohren – währen, dauern; aufbewahren
wohrhaftig – wirklich
wohrschauen – warnen
wokeen – wer

woll – wohl
wöltern – wälzen
woneem – wo
Woort/Wöör – Wort/Wörter
Woort – Warze; Erpel
worüm – warum, worum
woso – wieso
wrack – gebrechlich, alt, untauglich
wrackeln – wacklig machen, lockern; rütteln
wrackspekig – morsch, baufällig
wrangeln – sich balgen, an etwas herumzerren, sich unruhig bewegen
wrantig – wütend, mürrisch
wreed – böse, wütend
wrevelig – aufsässig
wrieven – reiben
wriggen – ein Ruder hin und her bewegen
wrinschen – wiehern
Wrist – Handgelenk
wrörgeln – würgen; nörgeln
wrucken – zerren, würgen
wruckhalsen – würgen
wrucksch – mürrisch
wü(d)en – jäten
wüllen – wollen
wurachen – angestrengt arbeiten, schuften

Z siehe bei **S**

A

ab – af, *af un an* – ab und zu

Abend – Avend, Mz. Avends

Abendbrot – Avendbroot, Avendköst

aber – aver, man

Aberglauben – Avergloven, Höhnergloven

Abfall – Affall, Schiet, Schietkraam, (Küchenabfälle) Drang

abfällig – minnachtig

abgerissen – afreten, slunterig

ablaufen – aflopen, *aflopen Water* – ablaufendes Wasser, Ebbe

abmühen – afmöhen, afmarachen, afmaddeln, afplacken, afrieten

abnutzen – slieten [ik sliet, du slittst, he slitt, wi sliet; ik sleet; ik heff sleten], opslieten

Abschnitt – Stremel, Mz. Stremels

acht – acht

achtzehn – achteihn

achtzig – achtig, tachentig

ächzen – anken, janken

addieren – tohooptellen, tosamentellen

Affe – Aap, Mz. Apen

ähnlich – ähnlich, *dat süht em liek*

albern – aapsch, abasig, dammelig, dwallerig, dwatsch, kalverig, mall, mallerig, narrsch

Albernheit – Spijöök, Spijökenkraam

Alkohol – Spriet

alle – all, *all de Lüüd, alltohoop, alltosamen*

alles – allens

allmählich – langsaam, sinnig, bilütten, pö a pö

Alltag – Alldag, Warkeldag

als – as

alt – oolt/öller/öllst, öllerhaftig

Alte, der/das – Ool, Ole, Mz. Olen

Alte, die – Oolsch, Mz. Oolschen

Alter, das – Öller

altersschwach – klapperig, tatterig

altmodisch – ooltbacksch, ooltmoodsch

am – an den, an'n

Ameise – Eem, Miegeem, Pissmier

anbiedern – anköteln, ansmusen
anbrennen – anbrennen, ansengeln, ansmoren
andere – anner, annerwelk
anderes – anners, annerswat
ändern – ännern, anners maken
andernfalls – anners, sünst
anders – anners
anderswo – annerwegens
Anekdote – Dööntje, Vertellsel
Anfall – Anfall, Tuur, Schuur
anfangen – anfangen, bigahn, loosgahn
angeben – angeven, braschen, dickdoon, klaffern, klickern, prahlen
Angeber – Angever, Brascher, Grootsnuut, Klafferkatt
Angel – Angel, (scherzhaft) Hungerpietsch
Angsthase – Bangbüx, Bangoors
ängstlich – angsthaftig, bang, banghaftig, *em bevert de Büx* – er ist ängstlich
anheuern – anhüren, anmunstern, anmustern
anlügen – anlegen, begriesmulen, vörtünen, vörflunkern
anschmeicheln, sich – sik anköteln, glattsnacken, *sik 'n witten Foot maken*
anschnauzen – anblaffen, anranzen
ansehnlich – smuck, snukkelig, staatsch
anstatt – statts, an Stee(d) vun
anstellen, sich – sik anstellen, sik hebben, sik tieren
anstreichen – anstrieken, anpönen, anmalen
anstrengen – anstrengen, afslaven, afmarachen
antworten – antern, antwoorden, Bescheed geven
anziehen – antrecken, anplünnern, antüdern
Anzug – Antog, Mz. Antöög
anzünden – anfengen, ansteken, in Brand steken
Apotheke – Afteek
Apotheker – Afteker, Mz. Aftekers, (scherzhaft) Pillendreiher
Appetit – Aptiet, Smacht
Arbeit – Arbeit, Doon, Wark, *in de Maak hebben* – in Arbeit haben

arbeiten – arbeiten, warke(l)n
Ärger – Arger, Schereree, Verdreet, Kummer
ärgerlich – argerlich, verdreiht, dumm, asig; dull, füünsch, fuchtig, gnadderig, grantig, vergnatzt, vergrellt
ärgern – argern, trietsen
arglos – trooschüllig, tutig
arm – arm, pover, *nix in de Melk to krömen hebben*
Ärmel – Mau
artig – oordig, nürig
Arzt – Dokter
Ast – Telgen, Twieg
Atem – Aten, Puust, *ut de Puust kamen* – außer Atem geraten
auch – ook
auf – op
aufbegehren – opmucken
aufbrechen – opbreken; *sik op 'n Padd maken, sik op de Strümp maken*
aufflammen – (op)blükken
aufgeregt – opreegt, bramstig, fickerig, hibbelig hiddelig, jiddelig
aufheben – opbören, opsammeln, hoochbören; wohren, opwohren
Aufhebens – Gedööns, Gewees, Weeswark, Puhei, Spektakel, Aggewars
aufhören – ophören, opholen, utscheiden
aufsässig – opsternaatsch, balstürig, rebellsch, steersch, wrevelig
aufspielen, sich – sik opspelen, dickdoon, sik opluustern
aufwiegeln – ophissen
aufziehen – optrecken, grootmaken, rantrecken; brüden, foppen, *för 'n Buurn hebben*
Auge – Oog, (scherzhaft) Klüüs
augenblicklich – stantepe, foorts, stracks, glieks, nu, opstunns
aus – ut
ausdenken – utdenken, utklamüüstern, utsimmeleren
auseinander – ut'nanner, ut'neen
ausgehen – utgahn, *op 'n Swutsch gahn*
ausgelassen – utlaten, poppenlustig, ut de Tüüt
auskundschaften – utkunkeluren, utbaldowern

ausnüchtern – utdunen
ausreichen – henrecken, langen
ausreißen – utrieten, utneihen, utbüxen, afhauen
außen – buten, butenrüm, butenüm
außer – bet op, aver nich, bloots nich
außerdem – un denn noch, ook noch
außerhalb – buten, butenvör, *butendörps* – außerhalb des Dorfes
Auster – Ööster, Mz. Öösters
auswendig – utwennig, butenkopps
Auto – Auto, Wagen, (scherzhaft für kleines Auto) Hutschefiedel

---

B

Bach – Beek, Mz. Beken
Backenzahn – Kuus, Mz. Kusen
barfuß – barfoot, barft, plattbarft
Bauch – Buuk
bauen – boon, buun
Bauer – Buur
Baum – Boom, Mz. Bööm
bearbeiten – in de Maak nehmen, verhackstücken
bedeuten – bedüden, op sik hebben, heten
bedienen, sich – tolangen
Bedrängnis – Kniep, Bredullje
bedrückt – bedrippst, bedröövt, benaut
Beerdigung – Gräffnis, *'n grote Liek* – eine prunkvolle Beerdigung
befestigen – fastmaken, fastbinnen, fasttüdern
begegnen – bemöten [ik bemööt, du bemöttst, he bemött, wi bemööt; ik bemött; ik bün bemött], drapen, in de Mööt kamen
beginnen – anfangen, bigahn, loosgahn
begleiten – mitgahn, mitkamen
begreifen – begriepen, klookkriegen, verstahn, achterkamen
begrüßen – begröten, *goden Dag seggen*
beherrschen, sich – sik betähmen
behutsam – sachen, sinnig, vörsichtig
bei – bi

beibringen – bibringen, bibögen, bipulen, verklookfiedeln
beide – beid, beide
beieinander – bi'nanner, tohoop, op'n Dutt
Bein – Been, Mz. Been
beinahe – meist
beißen – bieten [ik biet, du bittst, he bitt, wi biet; ik beet; ik heff beten]
Bekleidung – Kledaasch, Plünnen, Tüüg
bekommen – kriegen [ik krieg, du kriggst, he kriggt, wi kriegt; ik kreeg; ik heff kregen]
bellen – bellen, blaffen, bleken, jiffeln, klaffen
bemerken – wieswarrn, spitzkriegen
benachrichtigen – Bescheed geven
benehmen – benehmen, hebben, tieren, schicken, beren
benommen – düsig, rammdösig, brägenklöterig, swiemelig, benaut, benüsselt
benötigen – nödig hebben, bruken
bequem – kommodig, mackelig
beraten – beraden, besnacken, beklönen, verhackstücken
bereit – praat, trecht
bersten – bassen, platzen, tweibreken
Beruf – Profeschoon, de/dat Baantje
beruhigen – begööschen; sik betähmen, sik geven
Bescheid – Bescheed
beschmutzen – schietig maken, inasen, inkleien
beschränkt – tumpig, tüffelig, doof, dusselig
beseitigen – an de Siet bringen, wegmaken
Besen – Bessen
besonders – besünners, sünnerlich, apart
besprechen – bespreken, besnacken, bekakeln, beklönen, dörkaun
besser – beter
Besserwisser – Klooksnacker, Kloockschieter
beste(r) – best
bestimmt – wiss, förwiss, wiss un wohrhaftig, seker
besuchen – besöken, inkieken, längskamen
betrachten – ankieken, bekieken

betreuen – passen, oppassen, betüdeln

betrinken, sich – drinken, sik besupen, sik een antüdern

betrügen – bedregen [ik bedreeg, du bedrüggst, he bedrüggt, wi bedreegt, ik bedroog/bedröög, ik heff bedragen], ansmeren, anschieten,

betrügen – begriesmulen, överdüveln

betrunken – duun, besapen, sprüttenduun, *'n Hoorbüdel hebben*

Bett – Bett, de Puuch

Bettler – Beedler, Bedelmann, Pracher

beugen – bögen

Beule – Buul, Dell

Beutel – Büdel

bevor – ehr, ehrder, ehr dat

bewegen, sich – sik bewegen, sik rippen, sik rögen, sik röhren

bewußtlos – nich bi sik, wegbleven, *in Amidaam*

bezahlen – betahlen, berappen

biegen – bögen [ik böög, du büggst, he büggt, wi böögt; ik boog/böög; ik heff bagen]

Biene – Imm

Bier – Beer

Biest – Beest, Mz. Beester(s)

bieten – beden [ik beed, du büttst, he bütt, wi beed; ik bood/bööd; ik heff baden]

Bild – Bild, Mz. Biller(s)

binden – binnen [ik binn; ik bunn; ik heff bunnen], tüdern, tüdeln

Bindfaden – Goorn, Tüdelband

Birne – Beer, Mz. Beren

bis – bet

bisher – betto, betherto

bißchen – beten, 'n Spier

bitten – beden, bidden [ik bidd; ik beed; ik heff beden]

Blase – Blaas, Quees

blasen – blasen, puusten, püüstern

blaß – witt, wittschen, wittsnutig

Blatt – Blatt, Mz. Bläder, Blööd

Blech – Blick

bleiben – blieven [ik bliev, du bliffst, he blifft, wi blievt; ik bleev; ik bün bleven]

blinzeln – plinken, plieren, kniepögen, plinkögen

Blödsinn – Blöödsinn, Dummtüüg, Narrenkraam
Blume – Bloom
Blumenstrauß – Blomenstruuss, (scherzhaft) Rükelbusch
Blut – Bloot
bluten – blöden [ik blööd, du blöttst, he blött, wi blööd; ik blött; ik heff blött]
blutig – blödig
Bock – Buck, Mz. Bück
bockig – bucksch, mucksch, muulsch, vermuckt, opsternaatsch
Bonbon – Bontje(n)
bösartig – veniensch, achtertücksch
böse – böös, füünsch, vergrellt, wreed, *in de Brass*
Brandstifter – Füürpüüster
brauchen – bruken, nödig hebben
braun – bruun
brausen – brusen, rusen
Braut – Bruut, Mz. Brüüd, Bruten(s)
Bräutigam – Brögam, Mz. Brögams
brechen – breken [ik breek, du brickst, he brickt, wi breekt; ik brook / bröök; ik heff braken]
breit – breet
brennen – brennen
Brief – Breef, Mz. Breven
Briefträger – Breefdreger, Postbüdel
bringen – bringen [ik bring; ik bröch; ik heff bröcht]
Brise – Bries
Brombeere – Brummelbeer
Brücke – Brüch
Bruder – Broder, Mz. Bröder(s)
brüllen – brüllen, bölken
Brunnen – Soot, Born
Brust – Bost, Titt
Buch – Book, Mz. Böker
Buchstabe – Bookstaav
Buckel – Puckel
Bude – Bood
Bügeleisen – Plättiesen
bügeln – plätten
bunt – bunt, klörig, *kakelbunt, bontjebunt*
Butter – Botter

C

Chance – Schangs
Chaos – Dör'nanner, Kuddelmuddel
Chef – Baas, Böverst
Chronik – Krönk
Clown – Kloon, Spaassmaker, Spijökenmaker

D

da – dor
Dach – Dack
Dachboden – Böön
damals – domaals
dämmern – schummern
dann – denn
das – dat
daß – dat
dauern – duurn, wohren
dauernd – egaalweg
Daumen – Duum
Daune – Duun
Decke – Deek; Böön
Deich – Diek
dein – dien
dick – dick, *pummelig, kumpleet, quappendick*
dickfellig – dickdräävsch
Dieb – Deev, Mz. Deven, Spitzboov
Dienstag – Dingsdag
dies – düt
Donnerstag – Dönner(s)dag
Dorf – Dörp, *Kaff*
Draht – Draht, Wier, Wierdraht
drehen – dreihen, krellen
drei – dree, *de drütte* – der dritte
dreißig – dörtig
dreizehn – dörteihn
dreschen – döschen
drinnen – binnen
ducken – duken; wegwohren
dumm – dumm, dammelig, dösig, doof, dummerhaftig, dwallerig, narrsch, rammdösig
Dummkopf – Döösbaddel, Dööskopp, Dummbüdel, Dusseldassel, Klütenkopp, Oss, Pannkoken
dunkel – düüster, *stickendüüster, balkendüüster, pickendüüster*
dürfen – dörven [ik dörv, du dörvst, he dörv, wi dörvt; ik dörv; ik heff dörvt]

E

egal – egaal, eendoont, enerlei, liekerveel
Eiche – Eekboom
Eichhörnchen – Katteker
eifersüchtig – eifersüchtig, schalu, niedsch
eigen – egen
eilig – hild, drievens, drock
Eimer – Ammer, Pütz
Eingeweide – Ingedööms, Weiden
einigen – *enig warrn, eenst warrn*
einzeln – enkelt, een bi een
Eisen – Iesen
elf – ölven
Eltern – Öllern
Enkel – Enkel, Grootkind
Ente – Aant
entfernen, sich – weggahn, afdampen, afhauen, weglopen
entfernen – wegmaken
erben – arven
ereignen, sich – schehn, passeren, sik begeven
erholen, sich – sik verhalen, sik verpuusten, sik vermünnern
erinnern, sich – sik besinnen op [ik besinn; ik besunn; ik heff besunnen]
erkälten, sich – sik verköhlen, 'n Snööv kriegen, sik wat opsakken
erklären – verkloren, ut'nannerpulen, verklookfiedeln, verposamenteren
erleben – beleven
erschrecken – verfehren, verjagen, bang maken
ertragen – afkönen, verknusen
ertrinken – verdrinken, versupen
erwachsen – utwussen, groot
essen – eten [ik eet, du ittst, he itt, wi eet; ik eet; ik heff eten]

F

Fach – Fack
fahren – fohren, föhren
fallen – fallen [ik fall; ik full; ik bün fullen]
falsch – verkehrt
falten – folen
faltig – schrumpelig, folerig, krökelig
fangen – fangen [ik fang; ik fung; ik heff fungen]

Farbe – Farv, *kaam mi nich an de Farv* – laß mich in Ruhe
Farbton – Klöör
faseln – tüdern, tünen, tweernen, dröhnen
Faß – Fatt
fassen – faten
fast – meist, *üm 'n hangen Hoor*
faul – fuul
faulen – fulen, rotten, gammeln
faulenzen – rümlungern, rümdammeln, bummeln
Faulpelz – Fuuljack, Fuulpuup, Lotterfent
Faust – Fuust
Feder – Fedder, Poos, Mz. Posen
Federhalter – Posensteel
Fehler – Fehler, Versehn
feiern – fieren, *swieren*
feige – bang, bangbüxig
Feigling – Bangbüx, (scherzhaft) Held in de Bottermelk
fein – fien (Gegensatz zu grob); fein, smuck
Fenster – Finster
Ferkel – Farken, Mz. Farken(s)
Fernseher – Fernsehn, (scherzhaft) Kiekschapp
fertig – fardig, kloor, trecht, praat, beet
fest – fast
festnehmen – fastsetten, hopp nehmen, bi de Büx kriegen
feucht – fuchtig, klamm
Feuer – Füür
feurig – fürig, glönig
Fieber – Fever
finden – finnen [ik finn; ik funn; ik heff funnen]
Flasche – Buddel
Flecken – Placken, Mz. Placken(s)
Flegel – Flegel, Flaps, Flööts, Snösel
Fleisch – Fleesch
fleißig – flietig
Fliege – Fleeg, Brummer
fliegen – flegen [ik fleeg, du flüggst, he flüggt, wi fleegt; ik floog/flöög; ik bün flagen]
flitzen – flitzen, birsen, pesen, schesen, witschen
fluchen – flöken, schafutern
Flügel – Flünk, Mz. Flünken
Flugzeug – Fleger
flüstern – swiestern, suustern
Flut – Floot, oplopen Water

Frau – Fro, Fru, Mz. Froons, Fruuns, Froonslüüd, Fruunslüüd

frech – frech, driest, kiebig, keck, drook, flotzig, utverschaamt

frei – free

Freitag – Freedag

fressen – freten [ik freet, du frittst, he fritt, wi freet; ik freet; ik heff freten]

Freude – Freid, Höög

freuen – freien, högen

Freund – Fründ, Mz. Frünnen, Macker, Mz. Makkers, Maat, Mz. Maten

frieren – freren [ik freer, du freerst/früst, he freert/früst, wi freert; ik froor; ik heff froren]

Frisör – Frisör, Putzbüdel, Balbeer

froh – froh, vergnöögt, kandidel

Frosch – Pogg, Üzepogg, Brettfoot

früh – fröh, tiedig, *vör Dau un Dag*

früher – fröher, dunntomaal, *anno Kruuk*

Frühjahr – Fröhjohr, Vörjohr

Fuchs – Voss, Mz. Vöss

fühlen – föhlen, *ik föhl mi nich* - es geht mir nicht gut

fünf – fief, *de föfte/fofte* – der fünfte

fünfzehn – föfteihn, fofteihn

fünfzig – föftig, foftig

für – för

fürchten – bang ween

fürchterlich – förchterlich, gräsig, grulich

furzen – pupen, puupsen, een rieten laten

Fuß – Foot, Mz. Fööt

Fußboden – Footbodden, Deel

Fußknöchel – Enkel

füttern – fodern

G

Gabel – Gavel

gackern – kakeln

gähnen – jappen, gapen, hojanen

Gans – Goos, Mz. Göös

ganz – ganz, heel, *heel un deel*

Garten – Goorn

Gärtner – Goorner, (scherzhaft) Krauter

Gastwirt – Kröger

gaukeln – gökeln

gebärden, sich – sik hebben, sik beren

geben – geven [ik geev, du giffst, he gifft, wi geevt; ik geev; ik heff geven]
gebeugt – krumm, duuknackt
Gebiet – Rebeet, Flach
geboren – boren, op de Welt kamen
gebrauchen – bruken
gebräuchlich – begängen
gebrechlich – klöterig, klapperig, wrack
Gedicht – Gedicht, Mz. Gedichten, Riemel
Geduld – Gedüür
geeignet sein – dögen, to bruken ween
Gefährte – Macker, Maat
Gefängnis – Gefängnis, Kaschott, *achter Trallen* – hinter Gittern
gegen – gegen, tegen
gegenüber – gegenöver, güntsiet
gehen – gahn [ik gah, du geihst, he geiht, wi gaht; ik gung/güng; ik bün gahn]
Gehilfe – Hölpsmann
Gehirn – Brägen, (scherzhaft) Grütt
gehorchen – hören, pareren, sik geven
gehören, sich – sik hören, *dat schickt sik nich* – das gehört sich nicht
gehören – hören, tohören
Geige – Fiedel, Vigelien
geil – geil, jieprig, hitt
Geizhals – Giezhals, Giezknüppel, Knikkerbüdel, Kniesbuck, Pennschieter
geizig – giezig, gnietschig, knickerig, nerig, *he hett den Dumen op 'n Büdel* – er ist geizig
geläufig – begängen
gelegen – gelegen, topass, *dat kummt mi goot topass*
gelegentlich – af un an, mitünner
gelingen – klappen, slumpen
gelten – gellen [ik gell; ik gull; ik heff gullen]
gemächlich – sachen, sinnig, suutje
gemein – gemeen, schabbig, veniensch
gemeinsam – tosamen, tohoop, mit'nanner
Gemüse – Gröönttüüg, Gröönworen
gemütlich – kommodig
genau – genau, akraat, jüst, nipp, *nipp un nau, op 'n Prick* – ganz genau
Gepäck – Bagaasch, Pakkelaasch

gerade – jüst, opstunns; graad, liek
geradeaus – graadut, liekut
geradewegs – stracks, direktemang
Gerichtsvollzieher – Pannemann, Kukuuksklever
gering – ring, minn
geringschätzig – minnachtig
gern – geern / lever / leevst (opleevst)
Geruch – Röök
Gerücht – Snack, Sluderee, Sluderkraam
Gerümpel – Plünnen, Schietkraam, Himphamp
Gesäß – Oors, Moors
Geschmack – Smack, Gesmack
Geschwätz – Gedröhn, Quackelee, Sabbelee, Sluderee, Snackeree, Snöteree, Tüünkraam
geschwätzig – sabbelig, rappelig, snackig,
Gesellschaft – Gesellschaft, Sellschop
Gesindel – Bagaasch, Takeltüüg
gespannt – *dat schall mi maal verlangen* – ich bin gespannt
Gespenst – de / dat Spöök, Spökels
Gespräch – Snack, Klöönsnack
gestern – güstern
gesund – gesund, krall, kregel, *goot toweeg, op 'n Damm*
Getue – Gedööns, Weeswark
gewaltig – bannig, hellsch, lumpsch
gewinnen – winnen [ik winn; ik wunn; ik heff wunnen]
gewiß – wiss, wohrhaftig, seker
Gewissen – Geweten
gewitzt – plietsch, swienplietsch, sluusohrig
gewöhnen – gewöhnen, wennen
gewohnt – wennt
gierig – jieprig, nerig
gießen – geten [ik geet, du güttst, he gütt, wi geet; ik goot / gööt; ik heff gaten]
glänzen – blänkern, glinstern
glatt – glatt, schier
glauben – glöven, *dor kannst op af* – das kannst du gern glauben
gleichviel – liekerveel
gleichwohl – liekers

gleiten – glieden [ik glied, du glittst, he glitt, wi glied; ik gleed; ik bün gleden], glitschen, slippen, flutschen

Glied – Leed, Lidd, Mz. Leden

glitzern – blänkern, funkeln, glinstern

glotzen – glupen

Glück – Glück, *Dusel hebben, Sott hebben, Swien hebben*

gönnen – günnen, günnen ween

Gosse – Gööt, Rönnsteen

Grab – Graff

graben – graven, buddeln

gräßlich – gräsig

Gräte – Graat, Graden

gratulieren – graleren

grau – grau, gries, grimmelig

Grausen – Grusen, Gräsen, Grugel

greifen – griepen [ik griep, du grippst, he grippt, wi griept; ik greep; ik heff grepen], grapsen

Griesgram – Griesmuul, Dieskopp, Suursnuut, Gnadderbüdel, Gnadderich, Gnatzkopp, Gnaddjebrummer, Queesbüdel

griesgrämig – griesgrammsch, griesgrammelig, suurmuulsch

Griff – Greep, Mz. Grepen

grimmig – beetsch, grantig

grob – groff, brutt, butt, ruuch, grantig

Grobian – Flööts, Bullerballer, Bullerjaan, Deert

groß – groot / grötter / gröttst, utwussen

Großeltern – Grootöllern

Großmaul – Grootmuul, Grootsnacker, Grootflapp

Großmutter – Grootmudder, Oma

Großvater – Grootvadder, Opa

Grube – Kuhl

grübeln – gruveln, klamüüstern, simmeleren, spickeleren, miemeln

grün – grööön

Gruppe – Dutt, Koppel

grüßen – gröten

Grütze – Grütt

gucken – kieken [ik kiek, du kickst, he kickt, wi kiekt; ik keek; ik heff keken]

Gurgel – Görgel, Slöök, Slunk

Gürtel – Gördel, Buukremen, (scherzhaft) Smachtremen

gut – goot / beter / best, nett, fein

Gutmütigkeit – Gootmödigkeit, Gootheit

H

Haar – Hoor, Mz. Hoor

haben – hebben [ik heff, du hest, he hett, wi hebbt; ik harr; ik heff hatt]

haften – backen, kleven, fastsitten; *för wat opkamen* – für etwas haften

hager – spittelig, mager, spillerig

halb – half, (bei Uhrzeiten) halvig

halten – holen [ik hool, du höllst, he höllt, wi hoolt; ik heel; ik heff holen], hollen

Halunke – Halunk, Heilunk, Racker

Hand – Hand, Mz. Hannen

handeln – hanneln, hökern

Handfeger – Uul, Mz. Ulen

Handgelenk – Wrist

Handlanger – Topleger

Händler – Hannelsmann, Höker, Koopmann, Kramer

Handwerker – Handwarker, Handwarksmann

hängen – hangen [ik hang; ik hung; ik heff hungen], bammeln, bummeln

Hanswurst – Püjatz, Putschinell(er)

Harn – Mieg, Water, Piss

hartnäckig – stuur, stievnacksch, stievnackt, taag

häßlich – unschöön, ekelig, gräsig, *dat süht verbaden ut*

Haufen – Hupen, Hümpel, Dutt, Bült

häufig – faken

Haus – Huus, Mz. Hüüs

Hausflur – Deel

Haushälterin – Huushöllersch

Hausschuhe – Pampuuschen, Puuschen

Haut – Huut, Fell

Hebamme – Hebamm, (scherzhaft) Mudder Griepsch

heben – bören, hieven
Heidelbeere – Bickbeer, Kroonsbeer
Heiligabend – Hilligavend, Wiehnachtsavend
heimlich – heemlich, stilkens
heimlichtun – kunkeln, muscheln, slieken
heiraten – heiraden, freen, Hochtiet maken, (scherzhaft) *de Plünnen tohoopsmieten*
heiser – heesch, heesterig, *he hett 'n Krümel op sien Schalmei*
heiß – heet, hitt
heißen – heten [ik heet, du heetst, he heet, wi heet; ik heet; ik heff heten]
heizen – böten [ik bööt, du böttst, he bött, wi bööt; ik bött; ik heff bött], inböten, inkacheln
helfen – helpen [ik help; ik hulp/hülp; ik heff hulpen], tohand gahn, bistahn
hell – hell, *an'n hellerlichten Dag* – am hellichten Tag
Hellseher – Spökenkieker
heran – her, ran
herauf – rop
heraus – ruut, ut
herausbekommen – ruutkriegen, klookkriegen, spitzkriegen, ruutfinnen
herausputzen – ruutkleien, optakeln
Herbst – Harvst, Harvsttiet
herein – rin
herüber – röver
herum – rum, rüm
herumtreiben, sich – sik rümdrieven, rümbuttjern, swutschen, swieren
Herumtreiber – Driever, Rümdriever, Ströper, Bagaluut, Bambuus, Briet, Strömer, Slicksleev, Slöpendriever, Stratenköter, Strömer, Struntjer
herunter – rünner, daal, vun baven daal
Herz – Hart
Herzklopfen – Hartklabastern, Hartpukkern
Herzschmerz – Hartseer
hetzen – hissen
Hetzer – Hisser, Scharpmaker
heulen – hulen, blarren, schreen

heute – hüüt, vundaag, *hüüt avend, vunavend, hüüt middag, vunmiddag, hüüt morgen, vunmorgen, hüüt nacht, vunnacht*

Himmel – Heven, Himmel

hin – hen

hinauf – rop

hinaus – ruut

hinein – rin

hinfällig – klapperig, schrökelig

hinten – achtern

hinter – achter

hinterhältig – achtertücksch, slurig, veniensch

hinterher – achteran, achterna, achterto

Hintern – Moors, Oors, Achterback, Achtergatt, Achtergestell, Achtersteven, Achtersten, Gatt, (scherzhaft) Kötelkist

hinüber – röver

hinunter – rünner, daal

hinunterwürgen – daalwörgen, quosen, daalwrucken

Hirn – Brägen, (scherzhaft) Grütt

Hitzkopf – Hittkopp, Bruuskopp, Dullkopp

hoch – hooch / höger / hööchst, tohööcht

Hochzeit – Hochtiet

Hof – Hoff, Mz. Hööf, Stee(d), Mz. Steden

hoffen – hapen, höpen

holen – halen

hölzern – holten, *holten Hinnerk* – unbeholfener Mann

Holzschuhe – Holtschen

Honig – Honnig

horchen – luustern, luukohren

hören – hören, luustern

Hose – Büx, *ut de Büx möten* – austreten müssen

hübsch – smuck, püük, schier

Huhn – Hohn, Mz. Höhner

Hühnerauge – Höhneroog, Liekdoorn

humpeln – humpeln, schrökeln

hundert – hunnert

Hunger – Hunger, Smacht

hüpfen – hüppen, hopsen, jumpen

Hure – Hoor, Allmannsbruut

husten – hoosten, knüchen, quüchen

Hut – Hoot, Mz. Hööt

Hütte – Kaat, Bood

I

ich – ik
Igel – Swienegel
ihm – em
ihn – em
ihnen – jem / jüm, se
ihr – ehr; ji
im – in'n, in't
immer – jümmers
in – in
ineinander – in'nanner
inhaftieren – inlocken, inschappen, inbuchten, fastsetten, *achter Trallen bringen*
innen – binnen
Innerste – Binnerste
inzwischen – intwüschen, middewiel, wieldess
irgend- – jich(t)ens-, *jichenswenn* – irgendwann, *jichenswo, enerwegens* – irgendwo
irre – mall, bekloppt, halfklook, tüdelig, vagelig, verbiestert, *een op de Luuk hebben*
Irrenhaus – Dullhuus, Klapsmöhl
Irrtum – Versehn

S

jagen – jagen, op Jagd ween; bentern, püüstern
Jahr – Johr, Mz. (bei Angabe einer Zahl) Johr, (ohne Zahl) Johren, *fief Johr, dat is Johren her*
jähzornig – bullerballerig, dull, dullkoppt, gluupsch
jauchzen – juuchen, juuchheien
jedenfalls – op jeden Fall
jeder – jeedeen, jedereen, *Jan un Allemann*
jederzeit – alltiet, jümmers
jemand – een
jene(r) – de dor
jenes – dat dor
jenseits – günt, güntsiet
jetzt – nu, opstunns, totiets
jucken – jöken, *em jöökt dat Fell* – er ist übermütig
Junge – Jung, *Bengel, Bötel, Pööks, Krabauter, Stummel, Brösel*
Jungfer – Jümfer
Junggeselle – Junggesell, Eenspänner

K

kalt – koolt / koler / koolst

Kälte – Küll

Kamerad – Kam(e)raad, Maat, Kanuut

Kammer – Kamer

kaputt – kaputt, twei, to-nicht, toschannen *in'n Moors, in Gruus un Muus, wruck un wrack, in de Grütt*

Karfreitag – Stillfreedag, Stillen Freedag

Karo – Ruut, Mz. Ruten; (Spielkartenfarbe)

Karte – Koort

Kartoffel – Kantüffel

Kate – Kaat

Katze – Katt, (scherzhaft) Böönhaas

kaufen – kopen, köpen [ik koop / kööp, du köffst, he köfft, wi koopt / kööpt; ik köff; ik heff köfft]

Kaufmann – Koopmann, Höker

kaum – kuum, knapp, eben

Kautabak – Priem, Prüüntje

Kehle – Görgel, Slöök, Slunk

keifen – kieven, kiffeln, saustern

kein – keen

keiner – keeneen, nüms

kennen – kennen, weten, afweten

Kerl – Keerl, *Bullerballer, Rekel, Slaps* – grober Kerl

Kerze – Kers, Talliglicht

Kessel – Ketel

Kette – Keed

keuchen – kröchen, hiemen, hachpachen, quiemen, quüchen, puusten

kichern – gnickern, gnucksen, hucheln

Kind – Kind, Mz. Kinner(s), Göör, Mz. Gören

Kindheit – Kinnertiet

Kirche – Kark

Kirchhof – Karkhoff, (scherzhaft) Kösters Kamp

kitzelig – keddelig

kitzeln – keddeln

klar – kloor

Klatsch – Sluderee, Lüüdsnack

Klatschbase – Sludertasch, Sluderwief, Kakellies

klatschen – in de Hannen klappen; klaffern, saustern, sludern

kleben – kleven, backen

klebrig – backig, backsig

kleckern – klackern, slakkern
Klecks – Klacks
Klee – Klever
Kleid – Kleed
klein – lütt
Kleingeld – Lüttgeld
Kleinigkeit – Klenigkeit, Klacks
Kleinkram – Klöterkraam, Lüttkraam, Pusselkraam
kleinlaut – belemmert, bedrippst
kleinlich – püttjerig, knikkerig
klettern – kladdern
klingeln – pingeln, bimmeln
klopfen – kloppen, pukkern
Kloß – Klump, Mz. Klümp, Klüüt, Mz. Klüten
klug – klook / klöker / klöökst, künnig, plietsch, slau, *'n ansläägschen Kopp hebben, de kann mehr as Broot eten*
knabbern – gnabbeln, gnabbern, gnagen
knallen – knallen, ballern
knapp – knapp, *üm 'n hangen Hoor*
kneifen – kniepen [ik kniep, du knippst, he knippt, wi kniept; ik kneep; ik heff knepen]
Knie – Knee, Mz. Knee
Kniff – Kneep, Schisslaweng, Dreih
knifflich – kneepsch, vigeliensch
Knirps – Buttjer, Kiekindewelt, Pööks
knirschen – gnaastern, gnarschen
Knochen – Knaken
Knopf – Knoop, Mz. Knööp
Knoten – Knütt, Mz. Knütten(s), Steek
knusprig – krosch
Koch – Kock, (scherzhaft) Kökenhingst, (Seemannssprache) Smuutje
kochen – kaken
Köchin – Kööksch
komisch – komisch, drullig, putzig
kommen – kamen [ik kaam, du kummst / kümmst, he kummt / kümmt, wi kaamt; ik keem / kööm; ik bün kamen]
können – könen [ik kann; ik kunn; ik heff kunnt]
Kopf – Kopp, Mz. Köpp, Dassel, Dööts
Kopfschmerzen – Kopp-

wrack, Koppien, Koppkellen, Koppweh(daag), Knastbrummen
Kopfschütteln – Schüttkoppen
kopfüber – koppheister
Korken – Proppen
Korkenzieher – Proppentrecker
Korn – Koorn, (als Schnaps auch) Kööm
Körper – dat Liev, Mz. Liever
kosten – kösten; smecken
kostenlos – ümsünst, so, (Seemannssprache) for notting
Krach – Krach, Larm, Spektakel
Kraft – Kraft, Knööv
kräftig – stark, stevig, welig, däägt, dannig, drall, *wat in de Mauen hebben* – kräftig sein
Krähe – Kreih
Kram – Kraam, Tüüg, *Himphamp, Smutt, Schiet*
Krampf – Ramm
krank – krank, süük
kränkeln – quiemen, piepeln
Krankheit – Krankheit, Süük, Mz. Süken
kränklich – süük, wittsnutig, peverig, piepelig, pimpelig, *nich op 'n Damm ween, nich goot toweeg ween*
kratzbürstig – kratzböstig, stickelhorig, keddelhorig, kattig, krötig
kratzen – kleien, schrapen, *klei mi an 'n Moors* – du kannst mich mal
kraus – kruus
Kraut – Kruut, Mz. Krüter
Kreis – Kreis, Krink
kreischen – krieschen, juuchen
Kreisel – Küsel
kreuz und quer – dwars un dweer
Kreuz – Krüüz, Mz. Krüzen, (Spielkarte) Klever
kriechen – krupen [ik kruup, du krüppst, he krüppt, wi kruupt; ik kroop/krööp; ik bün krapen]
Kröte – Krööt, Tuuts, Üüz
Krug – Kroog; Kruuk
krumm – krumm
Krüppel – Kröpel, Schrökel
Kübel – Balje, Tubben
Küche – Köök
Kuchen – Koken

Kuh – Koh, Mz. Köh
kühlen – köhlen
Kühlschrank – dat Köhlschapp
Kümmel – Kööm, Köömkruut
kümmerlich – mickerig, klöterig, schraag
kümmern – kümmern, scheren, üm wat quälen
kurz – kort / körter / körtst
kurzatmig – puusthaftig, puustig
kürzlich – körtens, annerletzt
küssen – küssen, 'n Söten geven, een opdrükken, snuteln, snütern
Küste – Küst, Waterkant
Küster – Köster

L

lächeln – smuustern, grienen
lachen – lachen, gluddern, gnickern, gnuddern
lächerlich – lachhaftig
Lampe – Lamp, Lücht
Landstreicher – Monarch, Grandmonarch, Tippelbroder, Pracher, Strömer, Vagelbunt
langatmig – dröhnig
langsam – langsaam, langtöögsch, nölig, sachen, sinnig, suutje
längst – al lang
Langweiler – Dröhnbüdel, Drömelklaas, Bückel
langweilig – langwielig, langtöögsch
Lärm – Larm, Krakeel, Schandaal, Gedööns, Krach, Spektakel
lärmen – larmen, kekeln, ramentern, spektakeln
lassen – laten [ik laat, du lettst, he lett, wi laat; ik leet; ik heff laten]
lästern – schanderen, sludern, naseggen
lateinisch – latiensch
Laterne – Lantücht
Laub – Loof
lauern – luren, kunkeluren
laufen – lopen [ik loop, du löppst, he löppt, wi loopt; ik leep; ik bün lopen], jachtern, schesen, heespesen, kötern
Läufer – Löper
läufig – lööpsch, hitt
Laune – Luun
launisch – luunsch, nücksch, *Nücken hebben*

Laus – Luus, Mz. Lüüs
lauschen – luustern
laut – luut/luder/luutst
läuten – lüden, bimmeln
lauter – luter
leben – leven
Leber – Lebber
lecken – drüppen, lecken; (mit der Zunge) licken
lecker – lecker, smacklich
Leder – Ledder
leer – leddig, lenz
legen – leggen
lehnen – lehnen
lehren – lehren, bibringen, bibögen
Lehrer – Lehrer, Schoolme(i)ster, Persetter
Leib – dat Liev, Mz. Liever
Leiche – de/dat Liek
leicht – licht
leichtsinnig – lichtsinnig, lichtfar(d)ig, windbüdelig
Leid – Leed
leiden – lieden [ik lied, du littst, he litt, wi lied; ik leed; ik heff leden]
leidenschaftlich – fürig, glönig, wild
leihen – lehnen, pumpen
Leim – Liem
Leine – Lien, Mz. Liens
Leinen – Linnen
leise – lies(en), sachen
Leiste – Liest
leisten – leisten, schaffen, toweegbringen
Leiter, der – Baas, Böverst
Leiter, die – Ledder
Lektion – Lex
lenken – stüren
lernen – lehren
lesen – lesen
letzt – letzt, *verleden Johr* – letztes Jahr
leuchten – lüchten
Leuchtturm – Lüchttorn
Leute – Lüüd
lieb – leev
Liebe – Leev, Leevde
lieben – leev hebben
Lied – Leed, Mz. Leder
liederlich – lodderig, sludderig, slunterig, struntig
liegen – liggen [ik ligg; ik leeg; ik heff legen]
Lippe – Lipp, Flapp
Loch – Lock
Löffel – Lepel, Mz. Lepeln
Lüge – Löög
lügen – legen [ik leeg; du lüggst, he lüggt, wi leggt, ik loog; ik heff lagen], flunkern, tünen
Lügner – Lögenbuck, Lögenfatt, Lögenmuul
lustig – lustig, kandidel, fideel, vergnöögt

M

machen – maken, doon
Mädchen – de Deern, Mäken
Magen – Maag, Magen, Mz. Magen(s)
mager – mager, fipsig, knakig, spillerig, spittelig
Mähdrescher – Meihdöscher
mähen – meihen
mahlen – mahlen
Mahlzeit – Mahltiet
mal – maal
Mal – Maal, Mz. Malen
man – een, ’n
manch – mennich, mennicheen, welk
manchmal – mennichmaal, af un an
Mann – Mann, Mz. Mannslüüd
männlich – mannshaftig
Märchen – Märken
Masern – Masseln
Matrose – Matroos, Janmaat
matt – matt, maddelig, flau; duff
Mauer – Muur
Maul – Muul, Flapp, Flunsch, Keek
Maulheld – Grootsnuut, Brascher, Klafferkatt
maulig – muulsch, mucksch
Maulwurf – Mullwarp
Maurer – Muurmann, Müürker
Maus – Muus, Mz. Müüs
meckern – meckern, dibbern, nörgeln, quarken, quengeln, quesen
Meer – See
mehrfach – ’n poor maal, fakener
mein – mien
meinen – menen
meinetwegen – mientwegen
Meinung – Menen
Meißel – Betel
meistens – meisttiets
Meister – Meister, Meester, Mester
melancholisch – melanklöterig, deepdenkern, deepsinnig
melden – mellen
Mensch – Minsch
merken – marken, spitzkriegen, wieswarrn
merkwürdig – gediegen, narrsch, snaaksch, leidig
messen – meten [ik meet, du mittst, he mitt, wi meet; ik meet; ik heff meten]
Messer – Mess, Metz
mich – mi

mieten – meden, hüren
Milch – Melk
minderwertig – minnachtig
mindestens – tominst
mir – mi
mischen – mischen, mengeleren
mißglücken – mallören, op Schiet utlopen
mißgünstig – afgünstig, schalu
mißhandeln – trakteren, kujoneren
mißmutig – suurpöttsch, verdreetlich, mucksch
mißtrauen – nich troon, op'n Kieker hebben
mißverstehen – verkehrt verstahn
Mist – Mess
miteinander – mit'nanner, tohoop, tosamen
Mitglied – Liddmaat
Mittag – Middag
mitteilen – vertellen, weten laten
mitten – meern, mitten
mittendrin – meernmank, mittenmank
Mittwoch – Mittwoch, Middeweken
Möbel – Möbel, Möbelmang
Mode – Mood
modern – rotten, fulen
modern – modern, neemoodsch
mögen – mögen [ik mag, du magst, he mag, wi möögt; ik much; ik heff mucht], *nich afkönen* – nicht mögen
möglich – mööglich, *dat mag woll ween, dat kann woll angahn*
Molkerei – Molkeree, Meicree
mollig – mollig, pummelig
Moment – Momang, Ogenblick, Stoot
Monat – Maand, Mz. Maanden
Mond – Maand, Mz. Maanden
Montag – Maandag
morsch – möör, olmig, wrackspekig
müde – mööd, *spattlahm*
Mühe – Möh
Mühle – Möhl
Mühsal – Plackeree, Schufteree, Schinneree
Müller – Möller
Mund – Mund, Muul, Snuut, *Babbel, Rand, Flapp, Flunsch, Keek*
Mundharmonika – (scherzhaft) Snutenörgel

munter – munter, krall, kregel, kandidel, risch, welig
mürbe – möör
mürrisch – druus, gnadderig, gnegelig, gnietschig, muffig, mucksch, vergnatzt, vergrellt
Mus – Moos
Musiker – Muskant
müssen – möten [ik mutt, du mu(tt)st, he mutt, wi mööt; ik müss/möss; ik heff musst]
Mut – Moot, Kraasch
mutig – driest, drook, risch
Mutter – Mudder, Moder

N

nach – na
nachahmen – namaken, naapen
Nachbar – Naver
Nachbarschaft – Naverschop
nachdenken – nadenken, sinneren, simmeleren, spickeleren
nachdenklich – nadenkern, deepdenkern, achtersinnig
nacheinander – na'nanner, na de Reeg
nachgeben – nageven, Bott geven
nachher – naher, nahsten
nachlässig – nuschig, flusig, lodderig, slöpig, slanterig, sluffig
Nachmittag – Namiddag
Nachricht – Naricht
nächst – nächst, *tokamen Johr* – nächstes Jahr
Nacht – Nacht, Mz. Nachten
nachtragend – nadreegsch, nadregern, övelnehmsch
nachts – nachts, to nachtslapen Tiet, över Nacht
nackt – naakt, , nakelt, nakig, *blecksteert* – mit nacktem Hintern, *barft, plattbarft* – barfuß
nagen – gnabbeln, gnagen, gnappen
nahe – neeg
Nähe – Neegde
nähen – neihen
näher – neger, dichter bi
nähern, sich – neger rangahn, dichter rankamen
Name – Naam
Narbe – Narv, Noor
Narr – Narr, Püjatz, Geck
narren – narren, foppen, *för 'n Narren hebben, för 'n Buurn hebben*

närrisch – narrsch, unklook, dwatsch
naschen – snabbeln, snükkern, sleckern, slickern, snopen
Naschkatze – Slickermuul, Leckertähn, Lekkersnuut, Leckertung
Nase – Nees
Naseweis – Klookschieter, Wiesnees, Wiessnuut, Snuuf-in-de-Grütt
naß – natt, *kladdernatt, pitschnatt, messnatt*
Nässe – Natt, Fucht
Nebel – Nevel, Daak, Dies
neben – neven, blangen, bilangs
nebenbei – blangenbi, biweeglang(s)
necken – foppen, ökeln, brüden, üzen
Neffe – Brodersöhn, Süstersöhn
nehmen – nehmen [ik nehm, du nimmst, he nimmt, wi nehmt; ik nehm/ik nohm; ik heff nahmen]
neidisch – niedsch, afgünstig
nein – nee
nervös – nervöös, fickerig, hibbelig, jiddelig, kribbelig, wippsteertig
Netz – Nett, Mz. Netten
neu – nee
neugierig – neeschierig
Neujahr – Neejohr
neulich – annerletzt, annerdaags
neumodisch – neemoodsch
neun – negen
neunzehn – negenteihn
neunzig – negentig
nicht – nich
Nichte – Broderdochter, Süsterdochter
nichts – nix
Nichtsnutz – Undöögt, Dammelbüx, Lorbass, Sleev
nicken – nickköppen
nie – nie, nienich
nieder – nedder; daal, rünner
niedergeschlagen – bedrippst, bedröövt, benaut
niedlich – nüüdlich, nüdelig, nürig, sööt
niemals – nienich, *miendaag nich*
niemand – nüms, keeneen
niesen – niesen, pruuschen, pruusten
nirgends – nargens, narms
Norden – Noord, Noorden
nörgeln – quesen, quengeln, dibbern, quarken

Nörgler – Quarkbüdel, Knasterkopp, Queesmichel, Gnaddjebrummer, Gnurrputt
nötig – nödig
nötigen – nödigen
nun – nu
nur – bloots, man, nix as

O

ob – wat, wenn, of
Obdach – Ünnerdack, Överdack
oben – baven
Oberhand – Bavenhand
obwohl – liekers, ook wenn, ofschoonst
Ochse – Oss
Ofen – Aven
offen – apen
öffnen – apenmaken, opmaken
oft – oft, oftins, faken
ohne – ahn, sünner
Ohnmacht – Ahnmacht, Amidaam, Swiem
Ohrfeige – Backs
ohrfeigen – backsen, *een an 'n Dassel hauen, een an 'n Piepenkopp geven*
Onkel – Unkel, Ohm
ordentlich – ornlich, rejell, akraat, püük, propper
Osten – Oost, Oosten

P

paar – poor
Paar – Poor, Mz. Poren
paarweise – poorwies, twee bi twee
Pantoffel – Tüffel, Pantüffel, Pampuuschen, Puuschen
Partner – Macker
passend – passlich, gelegen, topass
Pastor – Paster, Preester, (scherzhaft) Kanzelpuper
Pate – Paat
Pech – Pick
Pedant – Püttjer, Krintenkacker
peinlich – pienlich, schaneerlich
Peitsche – Pietsch, Sweep
pellen – pellen, pulen
Pellkartoffeln – Pellkantüffeln, Puulkantüffeln
Penis – Pint, Piedel, Piehahn, Pisser, Dödel
Perücke – Prüük
Pfad – Padd, Mz. Padden, Stieg, Mz. Stiegen
Pfahl – Pahl
Pfanne – Pann

Pfannkuchen – Pannkoken
Pfeffer – Peper
Pfeife – Piep, *Brösel, Knösel*; Fleit
pfeifen – fleiten, piepen [ik piep, du pippst, he pippt, wi piept; ik peep; ik heff pepen]
Pfeiler – Pieler
Pfennig – Penn, Penning
Pferd – Peerd, Mz. Peer
pfiffig – plietsch, kneepsch, swienplietsch, vigeliensch
Pfingsten – Pingsten
Pflanze – Plant
Pflaster – Plaaster
Pflegeeltern – Trecköllern
pflegen – plegen, *wennt ween*
Pflicht – Plicht
pflücken – plücken
Pflug – Ploog
pflügen – plögen
Pforte – Poort
Pfote – Poot
Pfund – Pund, Mz. Punnen
plagen, sich – sik plagen, sik afmarachen, sik afplacken
plappern – plappern, plötern, rappeln, rötern, snötern
platzen – platzen, bassen
plaudern – klönen, snakken, praten
plötzlich – miteens, knasch, op 'n Stutz, batz, bumsbatz
Polizist – Schandarm, Putz, (Hamburg) Udel
poltern – pultern, bullern, ramentern, rummeln, klabastern
Portemonnaie – Geldkniep, Kniep, Knipp, Pottjemonottje
Portion – Patschoon, Portschoon, 'n Slag
Postbote – Breefdreger, (scherzhaft) Postbüdel
prächtig – staatsch, braschen
prahlen – prahlen, dickdoon
prahlerisch – grootsnutig
Prahlhans – Grootmuul, Brascher, Klafferkatt, Gröölbüdel
prassen – slampampen, slömen
predigen – predigen, preestern
pressen – pressen, pramsen
Prozent – Perzent, Mz. Perzenten

Prügel – Tagel, Schacht
Puppe – Popp
pur – rein, schier
Purzelbaum – Koppheister
Pustel – Quaddel

Q

quälen – quälen, piesacken, pieren, tarren, tribbeleren, trietsen
quer – dwars, dweer, verdwars, verdweer
Querulant – Dwarsdriever, Dweerbuck, Queesmichel

R

Rad – Rad, Mz. Rööd, Röder
Radio – Radio, Dudelkasten
rangeln – wrangeln
ranzig – galsterig
rasieren – raseren, balberen, schaven, schrapen
rasten – verpuusten, sik verhalen, *fofteihn maken*
Rathaus – Raathuus
Rätsel – Radel, Mz. Radels
Räuber – Röver
rauchen – roken, qualmen, dampen, (Tabakwaren) smöken
Raucher – Smöker
Räucheraal – Spickaal, Smuttaal, Smooraal
räuchern – rökern
rauh – ruuch, struuf, rubbelig
Raum – Ruum, Mz. Rüüm, *Stuuv, Kamer, Kabuff*
räumen – rümen
rechnen – reken
recht – recht, topass
Rechtsanwalt – Afkaat
rechtzeitig – tiedig, rechttiedig, bitieden, to rechte Tiet
reden – reden, snacken, spreken, klönen
regen, sich – sik rippen, sik rögen, sik röhren
Regen – Regen
Regenschauer – Schuur, Flaag
regnen – regen, *pissen, pladdern*
reiben – rieven [ik riev, du riffst, he rifft, wi rievt; ik reev; ik heff reven], wrieven [wie ›rieven‹], gniedeln

reich – riek, *wat in de Melk to krömen hebben*
reichen – langen, recken
reif – riep
Reihe – Reeg
Reim – Riem, Riemel, Mz. Riemels
rein – rein, püük, schier, propper
Reis – Ries
Reise – Reis, Tuur, Törn
reißen – rieten [ik riet, du rittst, he ritt, wi riet; ik reet; ik heff reten]
reiten – rieden [ik ried, du rittst, he ritt, wi ried; ik reed; ik heff reden]
Reiter – Rieder
reizbar – keddelhorig, gallig
rennen – rönnen, birsen, pesen, schesen
reparieren – repareren, heelmaken, in de Reeg bringen
Rest – Rest, Mz. Resten, Schrapels
Rheumatismus – Rieten, (scherzhaft) *Römschentismus, Rismusrasmus, Riet-mi-düchtig*
riechen – rüken [ik rüük; ik rook / röök; ik heff raken]
Riemen – Reem, Remen, Mz. Reems, Remen
Rosine – Rosien, Krint
rot – root / roder / rootst
Rotwein – Rootwien, Rootspoon
Rübe – Rööv
Rücken – Rüch, Puckel
rückständig – ooltbacksch, ooltmoodsch
rückwärts – trüch, trüchut, trüchoors, trüchwarts
Ruder – Roder, Pinn, Reem
rudern – rodern, pullen
rufen – ropen [ik roop, du röppst, he röppt, wi roopt; ik reep; ik heff ropen], prahlen
Ruhe – Roh
ruhig – ruhig; sachen, sinnig, suutje
rühren – röhren, rögen
Rührlöffel – Sleev, Mz. Sleven
Ruß – Sott
rüstig – stevig, risch, krall
rütteln – rütteln, jackeln, wrackeln

S

Sache – Saak, Mz. Saken, Kraam
säen – seien
Sage – Saag, *Vertellen ut ole Tieden*
Säge – Saag
sagen – seggen [ik segg, du seggst, he seggt, wi seggt; ik sä, du sääst, he sä, wi sään; ik heff seggt]
sägen – sagen
Salbe – Salv
Salz – Solt, *Schinken in Solt* – 'offene Rechnung'
salzen – solten
salzig – soltig/solten
sanft – sachtmödig, sacht, sachen, suutje
satt – satt, vull, pramsig
Sau – Söög, Mz. Sögen
sauber – rein, schier, propper, püük
saubermachen – reinmaken
sauer – suur
Sauerei – Swienkraam, Aaskraam
saufen – supen [ik suup, du süppst, he süppt, wi suupt; ik soop/sööp; ik heff sapen]
Säufer – Süper, Suupbütt, Suupkumpaan, Swierbroder
saugen – sugen [ik suug, du süggst, he süggt, wi suugt; ik soog/söög; ik heff sagen], nuckeln
Saum – Soom, Suum, Mz. Sööm, Süüm
säumen – sömen, sümen
sausen – susen
schaben – schrapen, schaven
Schabernack – Dummtüüg, Narrenkraam
schäbig – schabbig, scheevsch, klöterig, plünnerig
schade – schaad
Schädel – Schädel, Brägenkasten, Brägenpann, *Dassel, Dööts*
Schaden – Schaden, Mallöör
Schaf – Schaap, Mz. Schaap
Schäfer – Schäper
Schale – Schell, Pell; (Gefäß) Schaal, Kumm, Kump
schälen – schellen, pellen
Schalk – Sleev, Ulenspegel
schalten – schalten, knipsen
schämen – schamen
schamhaft – schaamhaftig, schenant

Schande – Schann
schänden – schännen
schändlich – schändlich, schofel, schandbor, entfaamt, schanneweert
scharf – scharp, spitz
scharren – scharren, schurren, kleien
schätzen – taxeren, slumpen; estemeren
schaudern – schuddern, gräsen
Schauer – Schuur, Flaag
Schaufel – Schüffel, Schüpp
Schaum – Schuum
schäumen – schümen
Scheibe – Schiev, (Fensterscheibe) Ruut
Scheide – Scheed; Punz, Puus
scheiden – scheden, ut'nannergahn
Schein – Schien, Mz. Schiens
scheinen – schienen, lüchten; laten, dünken
scheißen – schieten [ik schiet, du schittst, he schitt, wi schiet; ik scheet; ik heff scheten], kacken, pupen
Scheitel – Schedel, (scherzhaft) Luusallee
Schelm – Schelm, Sluusohr, Grappenmaker, Lork, Ulenspegel
Schelmenstreiche – Kneep, Hansbunkentöög, Dummtüüg
schelten – schellen [ik schell; ik schull/schüll; ik heff schullen], schafutern, schanderen
Scherbe – Schöör
Schere – Scheer
Scherz – Spaass, Jux, Spijöök
scheu – scho, schu, schalu
scheuchen – benschen, püüstern
Scheuerlappen – Feudel
scheuern – schüren, schrubben
Scheune – Schüün, Schuur
schicken – schicken; *dat schickt sik nich* – das gehört sich nicht
schieben – schuven [ik schuuv, du schüffst, he schüfft, wi schuuvt; ik schoov/schööv; ik heff schaven]
schief – scheev, *'n beten scheev hett Gott leev*
schielen – schelen, schulen, *verdwars kieken*

schießen – scheten [ik scheet, du schüttst, he schütt, wi scheet; ik schoot/schööt; ik heff schaten], püüstern

Schiff – Schipp, Mz. Scheep, Schepen

Schiffer – Schipper

schikanieren – schikaneren, kujoneren

Schimmel – Schimmel, Spaak

schimpfen – schimpen, schellen, schafutern, schanderen, sackereren

schinden, sich – sik schinnen, sik afschinnen, sik afmarachen, sik afmaddeln

Schinderei – Schinneree, Plackeree

schlachten – slachten

Schlaf – Slaap

schlafen – slapen [ik slaap, du slöppst, he slöppt, wi slaapt; ik sleep/slööp; ik heff slapen]

schlaff – slapp

Schlag – Slag, Mz. Slääg

schlagen – slaan [ik sla, du sleist, he sleit, wi slaat; ik sloog/slöög; ik heff slaan]

Schläger – Släger, Sladoot

Schlägerei – Haueree, Klopperee, Tagelee

Schlagsahne – Slackermaschü, Slagrahm

Schlamm – Slamm, Modder, Mudd, Slick

Schlampe – Sluddertrien, Fell, Fleut, Foos, Lieschen Allerlei

Schlange – Slang, Snaak

schlank – slank, rank, risch

schlapp – slapp, lahm, maddelig, flau

Schlappschwanz – Slappsteert

schlau – slau, klook, plietsch, *he hett 'n ansläägschen Kopp, dat is di 'n ganzen Griesen een*

schlecht – slecht, elennig, leeg, minn, ring, schedderig

schleichen – slieken [ik sliek, du slickst, he slickt, wi sliekt; ik sleek; ik bün sleken]

Schleier – Sleier

Schleife – Sleuf, Slööp

schleifen – sliepen [ik sliep, du slippst, he slippt, wi sliept; ik sleep; ik heff slepen]

Schleim – Sliem, Qualster, Snodder

schleimig – sliem(er)ig, qualsterig, snodderig

schleißen – slieten [ik sliiet, du slittst, he slitt, wi sliet; ik sleet; ik heff sleten]
schlemmen – slömen, slampampen
schleppen – slepen
schleunig – gau, flink
Schleuse – Slüüs, Siel
schlicht – slicht, eenfach
schlichten – slichten, slichtmaken
Schlick – Slick, Modder
schließen – sluten [ik sluut, du slüttst, he slütt, wi sluut; ik sloot / slööt; ik heff slaten], dichtmaken, tomaken
schließlich – amenn, op't letzt
schlimm – slimm, leeg, asig, böös, eisch
schlingen – slingen [ik sling; ik slung / slüng; ik heff slungen], wegneihen
schlingern – slingern, swalken
Schlitten – Sleden, Kreek
Schlittschuh – Strietschoh
Schlitzohr – Sluusohr
Schloß – Slott
schluchzen – snuckern
Schluck – Sluck
Schluckauf – Sluckop, Hickop
schlucken – sluken [ik sluuk; ik slöök / sluuk; ik heff slaken / sluukt]
schlummern – dösen, drusseln
schlüpfen – slupen, slippen, witschen
schlurfen – sluren, slarren, slarpen
Schluß – Sluss, Enn
Schlüssel – Slötel, Mz. Slötels
schmachten – smachten, lengen, *Lengen hebben*
schmächtig – spillerig, spittelig, fipsig, flödig, spuchtig
schmal – small, smaal
Schmalz – Smolt
schmecken – smecken
schmeicheln – fiecheln, glattsnacken, *na de Snuut snacken, Honnig üm'n Boort smeren*
Schmeichler – Snutensnacker, Glattsnacker, Ja-Broder
Schmerbauch – Smeerbuuk
schmerzen – wehdoon, kellen, pieren
Schmerzen – Wehdaag, Kelen, Pien, Smart, Seer
Schmetterling – Botterlicker

Schmied – Smitt, Mz. Smeed
Schmiede – Smeed
schmieden – smeden
Schmiere – Smeer, Fett
Schmiererei – Smeerkraam, Kleieree, Klierkraam
Schmierfink – Smeerfink, Smeerlappen
schmierig – smerig, fettig, salterig, glier
schmollen – mulen, *'n Snuut trecken, 'n Flunsch maken*
schmoren – smoren
Schmuggel – Smuggel, Smuggelee
schmuggeln – smuggeln, schuckeln
schmunzeln – smuustern, grienen, smuustergrienen
Schmutz – Schiet, Dreck, Aaskraam, Strunt
Schmutzfink – Puttfarken, Swienegel, Swienjack, Smeerlappen
schmutzig – smuddelig, smerig, schietig
Schnabel – Snavel, Snipp
schnappen – snappen, *faatkriegen, bi'n Kanthaken kriegen*
Schnaps – Snaps, Sluck, Kööm, Brandwien
schnarchen – snorken
schnauben – snuven [ik snuuv, du snüffst, he snüfft, wi snuuvt; ik snoov/snööv; ik heff snaven]
schnaufen – puusten, hachpachen
Schnauze – Snuut
Schnecke – Snick
Schnee – Snee
schneiden – snieden [ik snied, du snittst, he snitt, wi snied; ik sneed; ik heff sneden], gniedeln, snibbeln
Schneider – Snieder
schneien – sneen
schnell – gau, fix, flink, *flink as 'n Fink*
schnüffeln – snüffeln, snökern, snuppern, snüüstern
Schnupfen – Snööf, Snuppen
Schnur – Snoor
Schnürband – Snöörband
schon – al
schön – schöön, smuck, schier, püükfein
Schornstein – Schosteen
Schornsteinfeger – Schosteenfeger, Sottje
Schoß – Schoot
Schrank – Schapp, Mz. Schappen

schrauben – schruven [ik schruuv, du schrüffst, he schrüfft, wi schruuvt; ik schroov/schrööv; ik heff schraven]
Schraubenzieher – Schruventrecker
schrecklich – gräsig, schruterig, grulich
schreiben – schrieven [ik schriev, du schriffst, he schrifft, wi schrievt; ik schreev; ik heff schreven], *klieren, kleien*
schreien – schreen, schriegen, bölken, grölen, larmen, krakelen
Schritt – Schritt, Mz. Schreed
schroff – basch, butt, kortaf, ruuch
Schrubber – Schrubber, Leuwagen
Schrulle – Schrull, Grappen, Splien
Schublade – Schuuf, Mz. Schufen, Schuuflaad
Schuft – Schuft, Schubjack, Swienjack
schuften – schuften, wurachen, sik afmarachen, sik afmaddeln
Schuh – Schoh, Mz. Schoh, Schöh
schuldig – schüllig
Schule – School
Schüler – Schöler, Mz. Schölers, *Schooljung, Schooldeern*
Schulter – Schuller
Schuppen – Schuppen, Schuur
Schürze – Schört, Platen
Schüssel – Schöttel, Fatt, Kumm, Kump, Satt
Schuster – Schooster
Schutz suchen – schulen
Schütze – Schütt
schützen – schulen, wohren, bistahn
schwach – swack, flau, klapperig, klöterig, maddelig, mickerig, peverig, slapp, spittelig
Schwächling – Spucht, Stackel, Waschlappen
schwachsinnig – dörhen ween, armsinns, gootmödig, halfklook
Schwager – Swager
Schwägerin – Swägerin, Swägersch
schwanger – *se schall Mudder warrn, hett wat ünner de Schört, geiht mit 'n Kind*
Schwanz – Steert, Mz. Steerten
schwärmen – swögen
schwarz – swatt, *gneterswatt, pickswatt*

schwatzen – dröhnen, snatern, quackeln, rötern, rappeln, sabbeln, saustern, sludern, snacken, snötern

Schwätzer – Snackfatt, Rappelsnuut, Tweernbüdel, Sabbelkopp

Schwätzerin – Sabbeltasch, Sludersöög, Snacksüster, Hekeltähn

schweben – sweven

schweigen – swiegen [ik swieg, du swiggst, he swiggt, wi swiegt; ik sweeg; ik heff swegen], still ween, *hool dien Swiegstill* – sei still

Schwein – Swien, Mz. Swien

Schweiß – Sweet

Schwelle – Süll, Drümpel

schwer – swoor

Schwester – Süster, Swester

Schwiegersohn – Swiegersöhn

Schwiegertochter – Swiegerdochter

Schwiele – Quees

schwierig – swoor, vigeliensch, keddelig

Schwierigkeit – Malesch, Schererei

schwimmen – swömmen [ik swömm; ik swumm; ik bün swummen]

Schwindel – Swinnel, Lögenkraam, Tüünkraam

Schwindler – Lögenbuck, Flunkerheini, Tüünbüdel

schwindlig – swinnelig, swiemelig, düsig, benüsselt

schwitzen – sweten

schwören – swören [ik swöör; ik swoor; ik heff sworen]

schwül – lummerig, bruddig, lurig

sechs – söss

sechzehn – sössteihn

sechzig – sösstig

Seemann – Seemann, Fohrensmann, Janmaat

Segel – Seil, Mz. Seils

segeln – seilen

sehen – sehn [ik seh, du sühst, he süht, wi seht; ik sehg; ik heff sehn], kieken, wieswarrn

Sehnsucht – Lengen

sehr – bannig, böös, dull, heel, hellisch, asig

Seife – Seep

Seil – Tampen, Tau, Reep

sein – sien
sein – ween, wesen, sien [ik bün, du büst, he is, wi sünd; ik weer; ik bün ween / west / wesen]
seitdem – siet de Tiet, vun dor af an
Seite – Siet, Mz. Sieden
selber – sülvst
seltsam – snaaksch, wunnerlich, abasig, gediegen, lcidig
Senf – Semp, de / dat Muster(t)
Sense – Seis, Lee
setzen – setten
setzen, sich – sik daalsetten, sik hensetten, sitten gahn
Seuche – Süük
seufzen – süüfzen, süchten
sich – sik
sicher – seker, wiss, förwiss, sachts
sie – se
Sieb – Seev, Mz. Seven
sieben – söven
Siebensachen – Bickbeern, Backbeernmoos
siebzehn – söventeihn
siebzig – söventi
tilvester – Ooltjohrsavend, (scherzhaft) Vullbuuksavend
singen – singen [ik sing; ik sung; ik heff sungen]
sitzen – sitten [ik sitt; ik seet; ik heff seten]
so – so, sodennig
sobald – sodraad
sofort – foorts, stantepe, stracks
sollen – schüllen [ik schall, du scha(ll]st, he schall, wi schüllt; ik schull; ik heff schullt]
Sonnabend – Sünnavend
Sonne – Sünn
Sonntag – Sünndag
Soße – Soos, Schü, Stipp, Stippels
spalten – klöven, splieten
Span – Spaan, Mz. Spöön
sparen – sporen, *op de hoge Kant leggen*
sparsam – knickerig, nerig, sünig
Spaß – Spaass, Spijöök, Jux
spät – laat
Spaten – Spaden
Spatz – Lünk
Speise – Spies
Spiegel – de / dat Spegel, Mz. Spegels
Spiel – Spill
spielen – spelen
spinnen – spinnen [ik spinn; ik spunn; ik heff spunnen], tünen, tüdern, tweernen, faseln

Spinnwebe – Spinnweev, Spinnwupp
Spion – Spioon, Kiek-ümde-Eck, Snüffelnees
spionieren – spioneren, utbaldowern, kunkeluren, snüffeln
Spitzname – Ökelnaam
spleißen – splieten [ik spliet, du splittst, he splitt, wi spliet; ik spleet; ik heff spleten]
Sprache – Spraak
sprechen – spreken [ik spreek, du sprickst, he sprickt, wi spreekt; ik sprook / spröök; ik heff spraken]
springen – springen [ik spring; ik sprung; ik bün sprungen], jumpen
Spritze – Sprütt
Spruch – Spröök
spucken – speen, spiegen
Spuk – de / dat Spöök, Spökels
spuken – spöken
spülen – spölen
Spülwasser – Opwaschwater, Schöttelwater
Spur – Spoor
Stachel – Stickel, Prick
Stachelbeere – Stickelbeer
Stacheldraht – Tackeldraht, Stickelwier, Pickerwier
stampfen – stampen, daalpedden
ständig – stüttig, in eensweg, jümmers un jümmers
Stänkerer – Stänker, Stinkbüdel
stark – stark, stämmig, stevig, däägt
starr – stiev, stuur
starren – glupen
starrköpfig – stuur, balstürig, stievnacksch
stattlich – staatsch
Staub – Stoff
stauben – stöven, mullen, stuven [ik stuuv, du stüffst, he stüfft, wi stuuvt; ik stoov / stööv; ik heff staven]
staubig – stövig, mullig
Staubsauger – Stoffsuger, (scherz.) Huulbessen
stauchen – stuken
staunen – wunnerwarken, sik wunnern
stechen – steken [ik steek, du stickst, he stickt, wi steekt; ik steek / stook; ik heff steken / staken]
stecken – steken [siehe ›stechen‹], pieksen
stehen – stahn [ik stah, du steihst, he steiht, wi staht; ik stunn / stünn; ik heff stahn]

stehlen – stehlen [ik stehl; ik stohl; ik heff stahlen], klauen, musen, stiebitzen

steif – stiev, pall, stuur

Steig – Stieg, Padd

steigen – stiegen [ik stieg, du stiggst, he stiggt, wi stiegt; ik steeg; ik bün stegen], kladdern

Stein – Steen, Mz. Steen, Steens

Stelle – Stee(d), Mz. Steden, Flach, Plakken; de/dat Baantje, Stee(d)

Stellvertreter – Viez, Mz. Viezen

sterben – starven [ik starv; ik storv/störv; ik bün storven], dootblieven

Stern – Steern, Mz. Steerns

stetig – stüttig

stets – jümmers, alltiets, stüttig, jümmers un jümmers, in eensweg

Steuer, die – Stüür, Afgaav, Schatt

Steuer, das – Stüür, Roder

Stiefel – Stevel, Mz. Steveln

Stiel – Steel

still – still, ruhig, *musenstill, plackendootstill*

stinken – stinken [ik stink; ik stunk/stünk; ik heff stunken]

Stirn – Steern, Bless

stochern – stökern, staken, prökeln

Stoff – Stoff, *Kattuun* – Baumwollstoff

stöhnen – stöhnen, anken, janken

stopfen – stoppen, pramsen, proppen

Storch – Stork, Aadboor, Äbeer

störrisch – opsternaatsch, rebellsch, wrucksch

Stoß – Stoot, Buff, Knuff

stoßen – stöten [ik stööt, du stöttst, he stött, wi stööt; ik stött; ik heff stött], buffen, knuffen

stottern – stamern, stötern, *mit de korte Tung snacken*

Strafe – Straaf

Straße – Straat

Strauch – Struuk, Mz. Strüük, Strüker

Strauß – Struuss, Mz. Struussen

Strecke – Streck, Streek, Enn, Stremel

Streiche – Kneep, Töög, Hansbunkentöög, Ulenspegeltöög, Undöögt

streicheln – strakeln, eien, (Kindersprache) ei maken
streichen – strieken [ik striek, du strickst, he strickt, wi striekt; ik streek; ik heff streken], witsche(r)n
Streichholz – Striekholt, Rietsticken
streifen – strömern, ströpen
Streifen – Striepen, Stremel
Streit – Striet
streiten – strieden [ik stried, du strittst, he stritt, wi stried; ik streed; ik heff streden], kabbeln, vertöörnen
Streithammel – Striethamel, Stinkbüdel, Wrangelputt, Griesmuul
streitsüchtig – krakeelsch, krötig, gries, griesmulig, wrögelig
streuen – streien
Strich – Streek
stricken – stricken, strichen, knütten
Stube – Stuuv
Stück – Stück, Mz. Stükken, Stücker, *so Stükker fief*
Stuhl – Stohl, Mz. Stöhl
stumpf – stump, butt, duff, stuuf
Stunde – Stünn, *'n Stünnstiet* – etwa eine Stunde
Sturm – Storm, Mz. Störm(s)
stürmisch – störmig, rusig
stürzen – störten
stützen – stütten, *ünnerhaken*
suchen – söken [ik söök, du söchst, he söcht, wi söökt; ik söch; ik heff söcht]
Sünde – Sünn
Suppe – Supp
süß – sööt

T

Tag – Dag, Mz. Daag
Taler – Daler, Mz. Dalers
Talg – Talg, Tallig
Tanne – Dann
Tanz – Danz, Mz. Dänz, *Danz op de Deel*
tapsig – tapsig, tüffelig, tumpig, paddelig
Taschentuch – Snottdook, Snuuvdook, Taschendook
tasten – fummeln, grabbeln
Tau, der – Dau
Tau, das – de Tampen, de/dat Reep

taub – doof
Taube – Duuv
tauchen – duken
tauen – dauen
Taufe – Dööp
taufen – döpen [ik dööp, du döffst, he döfft, wi dööpt; ik döff; ik heff döfft]
taugen – dögen [ik döög, du döggst, he döggt, wi döögt; ik dögg / doog; ik heff döggt / dagen]
Taugenichts – Sleev, Rümdriever, Bambuus, Bagaluut, Slicksleev, Struntjer
tauschen – tuuschen, küütbüten, tschintschen
tausend – dusend
Teich – Diek
Teig – Deeg
Teil – Deel
teilen – delen
teilnehmen – mitmaken
teilweise – deelwies, to'n Deel
Telefon – Telefoon, (scherzhaft) Klöönkasten, Sabbelkasten
Teller – de / dat Teller, Töller
teuer – düür
Teufel – Düvel
tief – deep
tiefsinnig – deepsinnig, deepdenkern, achtersinnig
Tier – Deert, Mz. Deerten
Tierarzt – Veehdokter
Tinte – Dint, dat Black
Tisch – Disch, Mz. Dischen
Tischler – Discher, (scherzhaft) Knastenstöter, Spöönfreter
toben – toven, ramentern, jachtern, tokehrgahn
Tochter – Dochter
Tod – Dood, (scherzhaft) Knakenmann, Fründ Hein, Jan Klapperbeen
Toilette – Toilette, Klo, Tante Meier, Paddemang, Schiethuus
toll – dull, hellsch
Tölpel – Tüffel, Tüffel-Achteihn, Dööskopp, Döösbaddel, Dalf
Tonne – Tunn
Topf – Putt, Mz. Pütt
Töpfer – Püttjer, Pötter
Torf – Törf
tot – doot
töten – dootmaken, an de Siet maken, afmurksen
Tracht – Dracht
träge – langtöögsch, nölig
tragen – dregen [ik dreeg, du driggst, he driggt, wi dreegt; ik droog / - dröög; ik heff dragen]

Traktor – Trecker
Träne – Traan
tratschen – traatschen, sludern, saustern
trauen – troon, truun
Trauer – Troor, Truur
Traum – Droom, Mz. Drööm
träumen – drömen
traurig – trorig, trurig, melanklöterig
treffen – drapen, drepen [ik draap/dreep, du dröppst, he dröppt, wi draapt/dreept; ik dreep/droop; ik heff drapen]
treiben – drieven [ik driev, du driffst, he drifft, wi drievt; ik dreev; ik heff dreven]
treten – pedden, pauen
treu – tro, tru
treuherzig – trooschüllig, truuschüllig
Trick – Kneep, Schissla-weng, Dreih
trinken – drinken (ik drink; ik drunk; ik heff drunken], *sik een antüdern* – sich betrinken, *slappen* – schlürfend trinken
trocken – dröög
trocknen – drögen
trödeln – nölen, nödeln, tüdeln
tröpfeln – drüppeln
Tropfen – Druppen, Mz. Druppens
Trottel – Tüffel, Tüffel-Achteihn, Döös-kopp, Döösbaddel
trotzdem – liekers
trübsinnig – bedrippst, bedröövt, benaut, brägenklöterig
Tuch – Dook, Mz. Döker
tüchtig – düchtig, däägt, basig
tüfteln – utklamüüstern
tun – doon [ik do, du deist, he deit, wi doot; ik dä, du däät, he dä, wi dään; ik heff daan]
Tür – Döör
Turm – Torn, Mz. Torns, Törn

U

übel – asig, leeg, slecht, övel, kodderig, mad-delig, mau
übelnehmen – krumm nehmen
üben – öven
über – över
überall – överall, allerwe-gens, wiet un siet
Überbleibsel – Schrapels

übereinander – över'nanner
überflüssig – över, överleidig, unnödig
übergeben, sich – kotzen, speen, spiegen, breken, *över de Tung schieten*
überholen – överhalen
überlegen – överleggen, nadenken, simmeleren, sik bedenken
überlisten – överdüveln
überraschen – överraschen, överrumpeln
überraschend – unvermodens, unversehens, unverwohrens
überrascht – verbaast, *dat weer ik mi nich vermoden*
üblich – begängen
Ufer – Över, Kant
Uhr – Klock
Uhrmacher – Klockenmaker, (scherzhaft) Klockenschooster
um – üm, um
umgekehrt – anners(r)üm
Unannehmlichkeiten – Arger, Scherereen, Maleschen
unansehnlich – schedderig, klöterig, plünnig
unartig – unoordig, eisch, unnasch
unbedingt – afsluuts, partu
unbrauchbar – *nich to bruken*
und – un
uneinig – unenig, uneens
unerwartet – unvermodens, unversehens, unverwohrens
Unfall – Mallöör
unfaßbar – *nich to faten*
Unfug – Undöögt, Fisematenten, Himphamp, Tüünkraam, Dummtüüg
ungeduldig – hibbelig, hiddelig, jiddelig, fikkerig, kribbelig
ungefähr – bi, üm un bi, so wat bi, bummelig
ungeschickt – tapsig, tüffelig
ungestüm – gluupsch
Ungeziefer – Untüüg
unglaublich – *nich to glöven*
Unglück – Mallöör
unheimlich – grulich, gruselig, unheemlich
unmodern – ooltmoodsch, ooltbacksch
Unordnung – Kuddelmuddel, Murks, Dör'nanner
unpäßlich – *nich op 'n Damm, nich goot toweeg*

unruhig – unruhig, fickerig, hibbelig, hiddelig, jiddelig, kribbelig
uns – uns, us
unser – uns, us
Unsinn – Dummtüüg, Tüünkraam, Undöögt, Fisematenten, Himphamp
untauglich – *nich to bruken, dat döggt nix*
unten – ünnen, nedden, nerrn
unter – ünner
untergehen – ünnergahn, afbuddeln
unterhalten, sich – klönen, snacken, *sik wat vertellen*
unterwegs – ünnerwegens
unverhofft – unvermodens, unversehens, unverwohrens
unvernünftig – unklook, narrsch, dwatsch
Urin – Mieg, Piss, Water
Urteil – Oordeel

V

Vater – Vadder
verabschieden – *tschüüs seggen*
verächtlich – minnachtig
verantworten – instahn för
verbieten – verbeden
verblüfft – verbaast, verdattert, verfehrt
Verbrechen – Verbreken
Verbrecher – Verbreker
verdammt – verdammt, verdori, verdüvelt, *verdamminochmaalto*
verderben – verdarven [ik verdarv; ik verdorv / verdörv; ik bün verdorven]
verdorben – slecht, gammelig, galsterig
verdorren – verdrögen, versoren
verdrießlich – verdreetlich, griesgrammelig, mucksch, quarrig, suurmuulsch, wrucksch
verdursten – verdö(r)sten
verdutzt – verbaast, verbiestert, verdattert
vereinbaren – afmaken
verfassen – opsetten, schrieven
verfolgen – achteran ween, *op de Hacken sitten*
verführen – verföhren, vörsnacken, mitsnakken, *den Kopp verkielen*
vergebens – vergevens, vergeevs, ümsünst, för nix

vergessen – vergeten [ik vergeet, du vergittst, he vergitt, wi vergeet; ik vergeet; ik heff vergeten]

vergeuden – verkleien, rümasen, verbumfiedeln, spillen

Vergnügen – Vergnögen, Höög, Pläseer

vergnügt – vergnöögt, kandidel, fideel, lustig

vergraben – vergraven, verbuddeln, inkuhlen

verhaften – fastnehmen, inlocken, inschappen, inbuchten, fastsetten, *achter Trallen bringen, bi de Büx kriegen*

verhandeln – verhanneln, verhackstücken

verhören – verhören, *de Bicht verhalen*

verirren – verbiestern, verlopen, fehlgahn

verlangen nach – verlangen, gieren, jiepern, lengen, *'n Jieper hebben op*

Verlangen – Lengen, Verlangen, Janken, Jieper

Verlegenheit – Bredullje

verlieren – verleren [ik verleer, du verleerst / verlüst, he verleert / verlüst, wi verleert; ik verloor / verlöör; ik heff verloren]

vermieten – vermeden, verhüren

vermischen – vermischen, vermengeleren

vermutlich – sachts, woll

verprügeln – verhauen, verkloppen, vertobakken, vertageln, afleddern, afrüüschen

verraten – verraden, naseggen

verrückt – verrückt, appeldwatsch, brägenklöterig, fimmelig, mall, tüdelig, vagelig, *een op de Luuk hebben, Rotten op'n Böön hebben*

verschimmelt – schimmelig, spakig

verschmutzt – schietig, smuddelig, smerig, salterig

verschnaufen – versnuven, verpuusten, *fofteihn maken*

verschroben – verdreiht, splienig, wunnerlich

verschwenden – rümasen, verkleien, verbumfiedeln

versöhnen, sich – sik verdregen

versprechen – verspreken, löven, tolöven, toseggen; sik verspreken, sik verheddern

Verstand – Verstand, Grips, Plie, *Grütt*
verstecken – versteken
verstehen – verstahn, klookkriegen
verstimmt – mucksch, wrucksch, *em is 'n Luus över de Lebber lopen*
versuchen – versöken, utproberen
Vertrag – Verdrag, Mz. Verdrääg
vertragen – verdregen, afkönen, verknusen; sik verdregen
vertrauen – vertroon, vertruun
vertrocknen – verdrögen, versoren
verwirrt – verbiestert, brägenklöterig, tüdelig
Vieh – Veeh, Veehtüüg
viel – veel/mehr/meist
vielleicht – villicht, amenn, sachts
vier – veer
Viertel – Viddel, Mz. Viddeln
vierzehn – veerteihn
vierzig – veertig
Vogel – Vagel
voll – vull
völlig – ganz un gor, heel un deel
vom – vun'n
von – vun
voneinander – vun'nanner
vor – vör
vorgestern – vörgüstern, ehrgüstern
vormachen – vörmaken; wiesmaken
vorn – vörn
Vorname – Vörnaam, Dööpnaam

W

Waage – Waag, Wacht, Gewicht
wach – waak
wachsen – wassen [ik wass; ik wuss; ik bün wussen]
Wade – Waad
währen – wohren
während – wieldess, in de Tiet
Wahrheit – Wohrheit
Wald – Woold, Holt, Busch
wälzen – wöltern, trünneln
wann – wann, wannehr, wenn
Wanne – Wann, Balje, Tubben
Wärme – Warms
warnen – wohrschauen
warten – töven, luren

warum – worüm, woso
was – wat
waschen – waschen [ik wasch; ik wusch; ik heff wuschen]
Wasser – Water
wechseln – wesseln, tuuschen
weder – *nich … nich, nich … noch* – weder … noch
Weg – Weg, Mz. Weeg, Padd
wegen – wegen, vunwegen
weglaufen – weglopen, utbüxen, utkniepen, utneihn, afhauen
Wegweiser – Wegwieser, Wiespahl
wehen – weihen
Weib – Wiev
weich – week, möör
weichen – wieken [ik wiek, du wickst, he wickt, wi wiekt; ik week; ik bün weken]
Wein – Wien
weinen – wenen, blarren, hulen, roren
weismachen – wiesmaken
weiß – witt
weit – wiet / wieder / wietst, *wiet un siet* – weit und breit
wem – keen, wokeen
wen – keen, wokeen
wenig – ’n beten
wenigstens – tominst
wer – keen, wokeen
werden – warrn [ik warr; ik worr / wöör; ik bün worrn]
werfen – smieten [ik smiet, du smittst, he smitt, wi smiet; ik smeet; ik heff smeten]
Werkstatt – Warkstee(d)
Werktag – Warkeldag
weshalb – worüm, woso
wessen – keen sien, wokeen sien
Wetter – Wedder, *Schietwedder*
Wichtigtuer – Windbüdel, *Held in de Bottermelk*
widerspenstig – wedderbö(r)stig, opsternaatsch
wie – wo, woans, wodennig
wieder – wedder
Wiege – Weeg
Wiese – Wisch
wieso – woso, worüm
wieviel – woveel
winken – winken [ik wink; ik wunk / wünk; ik heff wunken], weiharmen
winzig – lierlütt
wir – wi
wirklich – würklich, wohrhaftig

Wirt – Kröger
Wischlappen – Schötteldook, Faatdook
wissen – weten [ik weet; ik wuss/wüss; ik heff wusst/wüsst/weten], afweten
Witwe – Weetfro
Witwer – Weetmann
wo – wo, woneem
Woche – Week, Woch
wofür – woför, för wat
wohl – woll, sachts
wohlig – woll, welig, kommood
wohnen – wahnen
Wohnung – Wahnung
wollen – wüllen [ik will, du wullt, he will, wi wüllt; ik wull, du wullst, he wull, wi wullen; ik heff wullt]
womit – womit, mit wat
Wort – Woort, Mz. Wöör
worüber – woröver, över wat
wovon – wovun, vun wat
wovor – wovör, vör wat
wozu – woto, to wat
wringen – wringen [ik wring; ik wrung/wrüng; ik heff wrungen]
Würfel – Tardel, Wörpel
würgen – wörgen, wruckhalsen, wrörgeln
Wurst – Wust
Wut – Woot, Dullheit, Raasch
wütend – dull, fuchtig, füünsch, gallig, gnadderig, grantig, *in de Brass*

Z

zäh – taag
Zahl – Tall
zählen – tellen
zahm – tamm, fraam
Zahn – Tähn, Mz. Tähn
Zahnarzt – Tähndokter, (scherzhaft) Kusenbreker
Zange – Tang
zanken – strieden, kabbeln, *in de Plünnen kriegen*
zaubern – tövern
Zaun – Tuun
zeichnen – teken
zeigen – wiesen
Zeile – Reeg
Zeit – Tiet, Mz. Tieden
Zeitung – dat Blatt, *Keesblatt* – Lokalzeitung
Zelt – Telt
zerknittert – schrumpelig
Zeug – Tüüg, Kledaasch, Plünnen
Zeugnis – Tüügnis
Ziege – Zeeg, Seeg

ziehen – trecken [ik treck; ik truck / trock; ik heff trucken / trocken], tehn, (Luftzug) tochen
Zimmer – Stuuv
Zimmermann – Timmermann
zirpen – jiepen
zitterig – tatterig
zittern – bevern, schuddern, tattern
Zoll – Toll
zu – to, na
zucken – tucken
Zufall – Tofall
zufrieden – tofreden
Zug – Tog, Mz. Töög
zuhause – tohuus
zuletzt – toletzt, opletzt, amenn
zum – to'n
Zunge – Tung
zurecht – trecht
zurück – trüch, retour
zusammen – tohoop, tosamen, op'n Dutt
zwanzig – twintig
zwei – twee
Zweig – Twieg, Telgen, Tack, Tang
zwinkern – plieren, plinkögen
Zwirn – Tweern
zwischen – twüschen, mank
zwölf – twölv

Literatur

Buurman, Otto: Hochdeutsch-plattdeutsches Wörterbuch. Auf der Grundlage ostfriesischer Mundart. 12 Bde. Neumünster 1962 – 1975, Nachdruck Aurich 1993

Goltz, Reinhard: Von Blubberbüxen, Landhaien und Troonbüdels. Das Schimpfwörterbuch für Hamburger. Leer 1995

Gondesen, Hans W.: Kleines hochdeutsch-plattdeutsches Wörterbuch. 2. Aufl., Neumünster 1997

Harte, Günter und Johanna Harte: Hochdeutsch Plattdeutsches Wörterbuch. Herausgegeben vom Institut für Niederdeutsche Sprache, 3. Aufl., Leer 1997

Lindow, Wolfgang: Plattdeutsch – Hochdeutsches Wörterbuch. Herausgegeben vom Institut für Niederdeutsche Sprache, 3. überarbeitete Aufl., Leer 1987

Mensing, Otto: Schleswig-Holsteinisches Wörterbuch (Volksausgabe). 5 Bde. Neumünster 1927 – 1935

Nissen, Peter: schellen, schafutern un schanderen. Schimpfwörterbuch für Schleswig-Holstein. Leer 1996

Saß, Johannes: Kleines plattdeutsches Wörterbuch. 17. Aufl., Neumünster 1997

Schuster, Theo: Plattdeutsches Schimpfwörterbuch für Ostfriesen und andere Niederdeutsche. Leer 1991

Wossidlo/Teuchert: Mecklenburgisches Wörterbuch. 7 Bde. 1942 – 1992. Nachdruck Neumünster 1996

Ein umfassender Überblick
über den plattdeutschen Humor
der letzten Jahrzehnte

Dat groote Smuusterbook

Herausgegeben
von Hartmut Cyriacks
und Peter Nissen

Ein Spaziergang durch die Welt
des plattdeutschen Humors
in vielfältigen Spielarten.
Zu entdecken gibt es
ein frisches Sammelsurium
von Geschichten und Gedichten
to'n Smökern un Swögen
mit veel Vergnögen.